3일째 망설이는 사람
3초에 결정하는 사람

# 3일째 망설이는 사람
# 3초에 결정하는 사람

사가와 아쓰시 지음
신윤록 옮김

이가서
Leegaseo publishing

# 무한경쟁 시대는 직감이 지배하는 사회

누구나 살다 보면 어떤 결정을 앞에 두고 망설이거나 주저할 때가 있다.

'어떻게 해야 좋을지 모르겠어. 도저히 문제를 해결할 방법을 찾지 못하겠어. 실마리 같은 힌트조차 생각이 안 나. 어떻게 해야 나에게 가장 좋은 판단을 내릴까? 아, 직감으로 뭔가 좋은 방법을 찾을 수만 있다면……. 올바른 답을 찾을 수 있는 직감만 있다면…….'

누구나 이렇게 생각은 하지만 정작 현실에서는 아무 일도 일어나지 않는다. 아무 일도 일어나지 않기 때문에 필사적으로 해결책을 생각한다.

얼마 되지 않는 경험에서 데이터를 추출해 모으고, 분석하고, 논리적으로 조합해 보지만, 역시 결과는 마찬가지다. 결론이 나지 않는다. 결국 자신의 직감으로 결정할 수밖에 없다.

그렇다. 마지막에는 자신의 직감에 의지할 수밖에 없다. 역시 직감뿐이다. 그러나 직감을 이용해 답을 얻는다 할지라도 평범한 사람들은 대부분 다시 주저한다. 결정을 내릴 용기가 없기 때문이다.

이 세상에는 직감이 예리한 사람들이 있다. 그들은 주저하지 않는다. 판단이 빠르다. 게다가 행동 역시 빠르다. 빠를 뿐 아니라 커다란 성공을 성취하기도 한다.

왜일까? 타고난 것일까? 보통 사람들은 그저 부러울 뿐이다. 어떻게 해야 할까? 그냥 체념해야만 하는 것일까?

이 책은 그렇게 고민하는 보통 사람들을 위해 쓰여졌다.

"지금까지 이것저것 해봤는데, 이 책도 별반 다를 게 없지 않습니까?"

"아닙니다. 지금까지 없던 새로운 기술을 가르쳐주는 책입니다."

"기술? 직감을 예리하게 만들어주는 기술이 있나요?"

"있습니다. 게다가 그 기술은 오랫동안 비밀로 취급되어 왔습니다."

이 책을 손에 쥔 당신은 내용이 터무니없는 과장이 아닐까 하고 의심할지도 모른다. 하지만 내용을 착실히 실천하는 사람은 "직감이 예리해지고 생활에 많은 도움이 됐어요"라고 말하면서 고개를 끄덕일 날이 올 것이다.

미국은 다른 나라의 군사기밀 정보를 얻기 위한 수단으로, 보통 사람이 직감을 연마하도록 하는 '리모트 뷰잉remote viewing'이라는 기술을 사용했다. 스탠퍼드 연구소(SRI)에서 개발한 이 기술은 냉전 시대에 미美 육군이나 CIA가 이용한 것이다.

리모트 뷰잉이란 직역하면 '원격투시' 란 뜻이다. 투시라는 말이 들어가 있다고 해서, 벽 저쪽을 꿰뚫어 볼 수 있는 기술을 말하는 것은 아니다. 그것은 멀리 있거나 장애물로 차단되어 직접 눈으로 볼 수 없는 물체의 정보를 얻을 수 있는 기술을 말한다. 미 육군은 이 리모트 뷰잉으로 소련의 군사 정보를 수집했다.

대부분의 초능력자들은 멀리 떨어져 있는 사물의 영상을 볼 수 있다. 따라서 보통 사람들은 아무리 기를 쓰고 연습해도 따라하지 못한다. 하지만 리모트 뷰잉을 수련하면, 보통 사람들도 육안으로 볼 수 없는 곳에 있는 사물의 정보를 얻을 수 있다.

예를 들어 사과가 찍힌 사진을 투시한다고 하자. 리모트 뷰잉을 습득한 사람은 둥글다, 빨간색이다, 매끈매끈하다, 신선하다, 달면서 시큼하다, 차다, 향기가 달콤하다, 움직이지 않는다, 먹고 싶다 같은 단어가 차례차례 자신의 머릿속에 떠오른다. 그리고 그 단어들과 스케치를 분석해서 사과라는 답을 이끌어낸다.

또한 이 훈련을 반복하면 직감도 예리해진다. 머릿속으로 계속해서 단어를 떠올리는 행위가 우뇌를 활성화시키기 때문에 리모트 뷰잉을 배운 많은 사람들은 "직감이 예리해졌다"고 이야기한다.

무엇인가를 선택하지 않으면 안 될 때, 자신의 머릿속에서 전광석화처럼 올바른 답이 떠오른다. 직감은 훈련으로 더욱 예리해진다.

그 결과 자신의 일에서 올바른 길을 선택하거나 시장의 동향을 예측하거나 위기를 성찰하는 일도 가능하다. 따라서 커다란 성과를 올릴 수 있다. 고민을 거듭할 때도 머릿속에서 번뜩 아이디어가 떠오르고, 논리적으로 설명할 수는 없지만 반드시 그렇게 되리라고 확신할 수 있다.

어떻게 그런 일이 일어나는지 그 이유는 확실히 알지 못하며, 의학이나 학문으로 증명할 수 있는 것도 아니다.

그러므로 이 책에 소개된 내용을 직접 해보지 않고, 그저 읽기만 한다면 쉽게 믿지는 못할 것이다. 상식에 어긋나는 것을 믿지 않는 사람은 어쩌면 끝내 이 책의 내용을 믿지 않을지도 모른다. 이성으로 설명하지 못하는 것을 두고 거짓말 혹은 사이비에 불과하다고 무시해 버리는 사람이 있다. 때로는 "머리가 어떻게 된 거 아냐?" 라고 말하는 사람이 있을지 모른다.

당신은 전파가 어떤 원리로 소리나 영상을 전달하는지, 그 원리나 구조를 제대로 알고 있는가? 그런 원리를 잘 모르는 당신이지만 일상생활에서 라디오나 TV를 즐기고 있지 않은가. 이와 마찬가지다. 과학적으로 왜, 어떻게라는 원리는 잘 몰라도 일상생활에서 이 책의 내용을 활용해 자신의 인생을 조금이라도 즐겁고 윤택하게 할 수 있다면, 당신에게 최고의 기쁨이 될 것이다.

미 육군은 리모트 뷰잉을 터무니없다고 넘기지 않았고 연구를 계속 추진했기 때문에 그것을 누구나 습득할 수 있는 기술의 경지까지 끌어올렸다. 현재는 범죄 수사에 사용할 정도다.

이 책의 내용은 미 육군이 실제로 사용한 리모트 뷰잉 기술의 일부분에 관한 것이다. 그것은 내가 수업료 수천 달러를 지불하고 배운 기술이다. 나는 이 기술을 습득한 뒤에, 미 육군의 한 부대에서 작전지휘관을 역임하고 아사히 TV의 한 프로그램에서 행방불명된 사람을 기가 막히게 찾아낸 에드 데임즈 전직 소령에게서 리모트 뷰잉을 배웠다.

그에게서 이 기술을 직접 전수 받은 유일한 일본인이 바로 나다.

이 책에 서술된 내용은 그 기술의 일부분에 관한 것이지만, 이것을 반복하다 보면 확실히 직감이 예리해진다. 게다가 리모트 뷰잉의 원래 목적인 '보이지 않는 곳에 있는 대상의 정보를 얻는 것' 역시 가능하다.

이 책에서 설명하는 내용을 직접 실습해 보기를 바란다. 무엇인가를 배울 때는 직접 해보는 것이 가장 좋다.

미 육군이 비밀리에 개발한 기술을 직접 경험해 본다면 당신의 직감이 극적으로 예리해지는 것을 실감할 수 있을 것이다. 당신의 인생은 바로 그때부터 새롭게 시작될 것이다.

차례

# 01

# 내 안에 잠들어 있는 힘,
# 직감을 깨워라

## 01

**나의 인생 신조는, 일로 즐거움을 삼고 즐거움을 또한 나의 가장 큰 일로 삼는 것이다.** —아이론 바하

### 직감을 잘 활용하는 사람과 그렇지 못한 사람은 차이가 난다

"당신에게 직감을 자유자재로 이용하는 힘이 내재되어 있다는 사실을 알고 계십니까?" 라고 물으면, "그건 말도 안 돼요. 그럼 무엇 때문에 머리를 싸매고 고민합니까. 자신의 직감에 맡겨버리면 되지" 하고 화를 내는 사람도 있을 것이다.

하지만 잠깐 생각해 보자. 갑자기 어떤 생각이 머릿속을 스치거나 막연히 무엇인가를 느낀 적은 없었는가? 기발하고 긍정적인 생각뿐 아니라, 뭔가 나쁜 일이 일어날 것만 같은 불길한 예감도 포함해서 말이다. 그런 경험을 한번도 해보지 않았다고 말할 사람은 거의 없을 것이라 생각한다. 사실 대부분의 사람들이 상

당히 자주 그런 일을 경험한다.

당신이 겪은 그와 같은 경험, 그것이 바로 직감이다. 보통 사람들은 자신의 직감을 그냥 무시해 버리는 경향이 있다. 왜 그럴까? 그것은 자신의 직감이 터무니없다고 생각하거나 자신과는 아무런 관계가 없다고 스스로 판단해 버리기 때문이다. 우리는 불현듯 머릿속에 떠오른 직감을 자신의 경험이나 사회적 통념에 비추어 판단한 뒤, 그것은 논리적으로 설명할 수 없다고 생각한다. 그래서 문득 머릿속에 떠오른 아이디어나 생각들을 쓸데없거나 비합리적인 공상쯤으로 치부해 버린다.

우리는 머릿속에 떠오른 직감대로 움직여보지도 않고 곧바로 그것을 부정하고 무시한다. 그렇게 계속해서 자신의 직감을 부정하고 무시하면, 직감이 우리에게 알려준 중요한 사실을 영원히 알아차릴 수 없다. 정말 큰 손해가 아닐 수 없다.

자, 주위를 한번 둘러보자. 분명히 직감이 예리한 사람들이 있을 것이다. 지하철 안, 맞은편에 앉아 있는 사람들 중에서 누가 다음 역에서 내릴 것인지를 기가 막히게 알아맞히는 사람, 카지노에 있는 슬롯머신 중에서 대박이 터질 자리를 족집게처럼 알아맞히는 사람, 표를 사거나 물건을 사고 계산을 할 때 여러 줄 중에서 가장 빨리 짧아지는 쪽을 골라 그곳에 서서 기다리는 사람…….

직감은 스포츠에서도 중요하다. 축구 경기 중에 공이 어느 쪽으로 향할지를 예측하는 것도 직감의 한 종류다. 씨름 경기에서 서로 샅바를 잡고 마주 보다가 경기가 시작됨과 동시에 상대방의 움직임을 예측하는 것도 일종의 직감이다.

일을 처리할 때도 직감을 잘 활용하는 사람이 있다. 일을 할 때 어디서부터 단계적으로 처리해 나가야 할지를 직감으로 결정해서 물 흐르듯이 척척 일을 처리하는 사람, 여러 가지 새로운 기획을 창출하는 사람, 발명하고 발견하는 사람, 도박에 강한 사람, 주가의 오르내림을 정확하게 판단해서 투자하는 사람, 투자 가치가 있는 부동산을 정확히 선택하는 사람…….

정보가 범람하는 현대사회에서는 과거의 데이터를 어느 정도 이용할 줄만 알아도 사업이나 그 밖의 다른 일에서 성공을 거머쥘 것 같은 기분이 드는 게 사실이다. 하지만 끝내는 번번이 운에 좌우되어 전혀 뜻밖의 결과에 맞닥뜨린다.

깊이 생각하지 않고 단번에 결정을 내린 뒤, 성공을 거머쥔 사람들의 이야기를 들으며 부러워하거나 질투한 적은 없었는가? '나도 그렇게 되고 싶다. 그런 일이 나한테도 일어나면 정말 좋을 텐데' 라고 말이다. 하지만 계속 그렇게만 생각한다면 직감이 발휘되어 당신에게 이익을 가져다주는 일은 없을 것이다. 당신 자신이 직감을 발휘하고 활용할 수 있다는 사실을 전혀 생각하지 않기 때문이다.

당신은 직감을 이용해야 할 때, 자신의 직감을 믿지 않는다. 믿지 않으면 도움을 받을 수 없다. 그러면 당신에게는 극히 평범하고 당연한 일만이 일어날 뿐이다.

좋은 해결책이 없을까?

물론 있다. 바로 그 해결책으로 내가 안내할 것이다.

### 인생의 전환점과 만나다

주위의 성공한 사람들을 보면서 그들처럼 성공하고 싶다고 꿈꾸는 것은 비단 지금 이 책을 손에 쥐고 있는 당신 혼자만의 바람은 아니다. 한때 나 역시 그런 바람을 품은 적이 있었다.

남들보다 감각이 둔하고, 판단이 느리고, 행동이 둔하고, 우유부단해서 일을 질질 끌고 다니는 나를 주위에서는 어떻게 보았는지 잘 모르겠다. 나는 이런 나 자신을 참 한심한 인간이라고 생각했다.

스스로 한심하다고 여겼으니 무슨 일이 잘 될 리가 없었다. 당연히 내 바람과는 맞지 않는 엉뚱한 결과만 돌아왔다.

예리한 직감, 정확한 판단, 신속한 행동, 재빠른 결단! 모든 사람들이 원하는 그것을 나 또한 간절히 원했다. 하지만 골수에 뿌리박힌 습관이 하루아침에 바뀌지는 않았다.

항상 '모든 것이 극적으로 바뀌었으면' 하고 바랐지만, 그렇게 될 막연한 계기조차 주어지지 않았다. 나는 항상 내 인생을 밝게 변화시켜줄 그 무언가를 찾아 헤매 다녔다. 속독 훈련도 받아보았고, 자기계발이니 능력개발이니 하는 훈련과 기공체조 같은 기와 연관된 것들과도 조우했다.

나는 팸플릿이나 안내책자에 소개된 체험자들의 성공담을 탐독한 뒤, 나도 그들처럼 되리라 기대하며 이런저런 것에 도전해보았다. 하지만 매번 낙담만 하곤 했다.

'왜 마음먹은 대로 안 되는 걸까? 왜 나는 번번이 실패만 하는 걸까?'

그런 고민 속에서도 나는 다시 새로운 것을 찾고, 수소문하며 돌아다녔다. 이런 나의 경험담은 아마 당신의 경험과 별 차이가 없을 것이고, 주위에서 흔히 듣는 이야기에 지나지 않을 것이다.

하지만 나에게는 보통 사람들과 약간 다른 점이 있었다.

"다른 그 누구도 시도하지 않은 일을 해보면 어때요?"

내 아내가 자주 하는 말이다.

'그런 게 있을까? 있다 해도 쉽게 찾지 못할 거야. 찾았을 땐 이미 다른 누군가가 시도하고 있을 테고…….'

아내의 말을 조금 삐딱하게 들으면서도 마음 한구석에 담아둔 채 '뭐 좋은 게 없을까?' 하고 날마다 그것을 찾아다녔다.

그렇게 오랜 시간이 흐른 어느 날, 무심코 어느 잡지의 기사를 보게 됐다. 그리고 드디어 새로운 그 무엇인가를 발견했다.

기사를 처음 본 순간에는 '만약 이게 사실이라면, 정말 굉장한

데!' 라고 생각했다. 하지만 그 감탄은 곧 부정적인 시각으로 바뀌었다.

"이건 정말 말도 안 돼. 새빨간 거짓말일지 몰라."

그도 그럴 것이 그때까지 일본에서는 실제로 그것을 시도해 본 사람이 한 명도 없었다. 진위 여부를 확인할 길이 전혀 없었으므로 의심은 더욱 깊어졌다.

'누구나 원격투시를 몸에 익힐 수 있다.'

당연히 의심할 수밖에 없는 기사 내용이었다. '봉투 안에 들어 있는 사진이나, 몇 킬로미터나 떨어진 곳에 있는 사물을 꿰뚫어 보거나, 미래를 미리 알 수 있는 예지력을 습득할 수 있다' 는 말에 선뜻 마음을 빼앗기지는 않았다. 내 머릿속에는 '보통 사람에겐 불가능한 일이야' 라는 지극히 상식적인 생각만이 맴돌았다. 그래서 마음이 끌리기는 했지만 선뜻 시도해 볼 엄두가 나지 않았다.

더구나 원격투시를 배우려면 미국으로 직접 가야만 했다. 강좌 시간은 총 50시간, 모든 코스를 수료하는 데 일주일이나 걸렸다. 게다가 수강료가 무척 비쌌다. 나는 '역시 그만두는 게 낫겠어. 쓸데없이 시간은 시간대로, 돈은 돈대로 날려버릴 거야' 라고 생각하며 조금은 억지스럽게 나 자신을 다독였다.

하지만 시간이 흐를수록 '만에 하나 그 기사 내용이 사실이라면 어쩌지?' 하는 생각이 조금씩 내 마음을 흔들기 시작했다. 나는 왜 그토록 기사 내용에 신경을 쓰고, 그것을 머릿속에서 떨쳐 버리지 못했을까? 지금까지 없던, 획기적인 방법을 배울 수 있는 기회였기 때문이다. 게다가 실제로 미 육군에서 실시한다는 그 기술은 아내가 말한, '누구도 시도하지 않은 일' 이 될 것 같은 기분이 들었다.

## 도박하는 심정으로 미국행을 결정하다

당신이라면 "누구나 원격투시가 가능하도록 만들어주는 방법이 있다"는 말을 믿을 수 있겠는가?

여기서 원격투시란 벽을 투시해서 정말로 그 너머를 본 것처럼 가려진 사물을 보는 기술을 말하는 게 아니다. 그건 만화의 세계에서나 가능하다. 원격투시란 인간의 오감을 이용해 벽의 맞은편이나 봉투 속, 심지어 실제로 보지 못하는 몇 킬로미터나 떨어진 곳에 있는 사물의 정보를 알아내는 기술이다.

정말 믿어지지 않을 것이다. 나 또한 처음에 그랬으니까.

하지만 원격투시가 정말로 가능하다면, 어떻게 해서든 알아내려고 할 것이다. 누구나 그런 기술을 배우고 싶어 할 것이다. 원격투시에 대한 나의 관심은 점점 깊어져갔다. 그래서 결국 내가 도달한 곳은 에드 데임즈와 FM 본자르의 리모트 뷰잉 교실이었다. 처음에 나를 가르친 사람은 FM 본자르였고, 그와의 인연으로 나중에는 에드 데임즈에게서도 교육을 받았다.

미 육군 소령이었던 에드 데임즈는 스탠퍼드 연구소에서 원격투시 팀에 작전이나 훈련을 지도하는 교관이었다.

원격투시 팀은 국제 테러 집단의 움직임을 파악하거나, 그 집단의 아지트나 인질이 감금된 장소를 찾아내고, 구소련의 극비 정보를 입수하는 일을 맡고 있었다. 그들의 활동은 의회나 대통령에게까지 보고되어, 데임즈는 육군 훈장 두 개와 포창을 받기도 했다.

당시 일본에는 리모트 뷰잉에 관해 기술해 놓은 책이 단 한 권도 없었다. 또한 원격투시를 배울 수 있는 곳도 없었다.

지금 생각해 보면, 나는 정말로 용기 있는 결단을 내린 셈이다. 미국까지 가서 원격투시를 배웠으므로 꽤 많은 돈이 들었을 뿐만 아니라, 상당한 시간도 할애해야 했다. 그 당시 나는  리모트 뷰잉에 대한 강한 믿음이 없는 상태여서, 그 같은 결단은 일종의 도박과도 같았다.

원격투시라는 방법이 있다는 사실을 알았을 때, 나는 굉장하다고 생각했고 흥분했다. 하지만 막상 미국으로까지 건너가야겠다고 맘을 먹었을 때는 적잖은 불안감이 엄습해 왔다.

'정말 그런 방법이 있기는 한 걸까? 그럴 듯한 말에 현혹돼 결국 일본으로 다시 돌아온다면 괜히 아까운 거금만 날리는 거 아닌가!'

머릿속에서는 미국에 '가야 한다'와 '가면 안 된다'는 생각이 오락가락했다. 결단력 있는 사람에게는 이런 고민이 대수롭지 않았을지 모른다. 하지만 나는 우유부단한 사람이었다. 물론 지금의 나는 그때의 나와 다른 사람이다.

미국은 가고 싶었다. 하지만 두려움이 앞섰다. 스스로 결정할 용기가 나지 않자, 그저 자연스러운 흐름 속에 나를 맡겨보기로 했다.

길을 잃고 당황했을 때는 그렇게 해보는 것도 많은 도움이 된다. 나는 잠깐 머리 한구석으로 고민을 밀어 넣은 뒤, 어떤 일이 일어날지를 생각하며 나 자신을 주의 깊게 관찰했다.

어느 날 보통 때와는 다른 시간대에 통근 전철을 타게 됐다. 전차가 속도를 늦추면서 다음 역으로 들어서자, 나는 자리에서 일어나 문 앞으로 다가갔다. 문이 열리는 순간, 내 시선은 옆에 서 있던 한 청년의 책에 꽂혔다. 펼쳐진 책에 실린 사진을 본 나는 깜짝 놀랐다. 그 사진 속 인물은 에드 데임즈였다.

나는 그 사진을 뚫어져라 쳐다보았다. 확실히 그였다. 잘못 본 것이 아니었다. 멍하게 서 있던 나는 승객들이 전차에 올라타고 있음을 알아차리고 얼른 내렸다. 그리고 잠시 동안 그 자리에서 움직이지 못했다.

나는 그때 내가 가야 할 길에 대한 답을 얻었다고 확신했다. 보통 사람이었다면, 그저 우연에 지나지 않는다고 무시해 버릴 사소한 일이었을지 모른다. 하지만 나는 그 장면이 내 고민에 대한 해답으로 나에게 '미국에 가라. 그러면 돼'라고 방향을 제시해 주었다고 확신했다. 지금 생각하면, 그런 사소한 암시를 무시하지 않은 바로 그 순간이 내 인생이 크게 변화하기 시작한 때였다.

나는 마음을 굳혔다. 그리고 원격투시를 배우기 위해 미국으로 떠났다.

**원격투시는 보통 사람도 가능하다**

아마 리모트 뷰잉이라는 말을 들어본 사람은 거의 없을 것이다. 그것은 어쩌면 당연하다. 리모트 뷰잉은 천리안千里眼이라는 용어와 구별하기 위해 새롭게 만든 말이다. 리모트 뷰잉 기술이 처음 개발되었을 당시에는 미국에서조차 그 말을 아는 사람은 거의 없었다.

천리안이란 육안을 사용하지 않고도 멀리 떨어진 곳에서 무슨 일이 일어나는지를 아는 특수 능력을 말한다. 그 특수 능력을 발휘하는 사람이 있다면 그는 틀림없이 초능력자일 것이다.

하지만 리모트 뷰잉은 평범한 사람, 즉 누구라도 할 수 있는 기술이라는 점에서 천리안과는 전혀 다른 차원의 원격투시다.

"그럼 개인의 소지품으로 행방불명된 사람을 찾거나 소매치기의 몽타주를 작성하는 초능력들이 원격투시라고 볼 수 있나요?"

모호한 대답이지만, 한편으로는 맞는 말이고, 또 한편으로는 꼭 그런 것만도 아니다. 원격투시는 사람들이 흔히 말하는 초능력과는 다르다.

일반적으로 '초능력자'라고 불리는 소수의 사람들은 우리에게 천부적인 특수 능력을 구사해서 상식적으로는 생각지도 못하는 경이로운 일들을 보여준다. 보통 사람이 똑같이 흉내 낸다고 해도 그들과 같은 능력을 발휘하지는 못한다.

하지만 리모트 뷰잉은 '보통 사람'도 가능하다. 종이와 연필만 있으면 알고 싶은 정보를 얻을 수 있다.

직감이란 문득 떠오른 가치 있는 정보를 말한다. 불현듯 깨닫는 것, 그것이 바로 직감이다. 까닭 모를 불안감이나 설렘, 막연한 예감, 여자들의 육감, 제6감第六感 등이 직감이다. 논리적으로 설명할 수는 없지만 '확실히 그렇게 될 거야'라는 확신을 동반하는 것이다. 직감은 당신에게 흘러들어온 유효한 정보다. 다만 직감이 언제 찾아올지는 알 수 없다. 또한, 의식적으로 노력하지 않아도 저절로 얻을 수 있다. 조금 과장해서 얘기하면, 직감이란 마치 수호천사처럼 우리 옆에서 늘 우리를 지켜보며 중요한 정보를 알려주는 올바른 메시지다.

이와 비교해 리모트 뷰잉은 필요한 정보를 직접 자기 손으로 획득하는 적극적인 기술이다. 이 기술을 배운 사람은 누구나 직감이 예리해졌다고 말한다. 스스로 정보를 손에 쥐기 위해 적극적으로 행동하다 보면 직감처럼 나를 향해 다가오는 정보도 좀더 손쉽게 획득할 수 있다.

이 책을 읽으면 직감을 예리하게 단련하는 데 리모트 뷰잉이 얼마나 효과적인 방법인가를 알 수 있다. 우선은 아무 걱정 말고 다음으로 넘어가 보자.

### 아무런 구속 없는 세계를 만나다

우리는 육체가 있다. 그 육체가 있기 때문에 갖가지 제약에 얽매인다. 100미터를 5초에 주파하는 일은 불가능하다. 지금 서 있는 자리에서 저 멀리 떨어져 있는 물체에 접촉할 수는 없다. 우리가 살고 있는 물리적인 세계에는 항상 제약이 뒤따른다.

당신이 아무런 제약도 없는 세계에 산다면 100미터를 5초에 주파하고, 지금 서 있는 그 자리에서 멀리 떨어진 곳에 있는 물건을 손에 쥘 수도 있을 것이다.

"아무런 제약 없는 세계에서 자유롭게 행동하고 싶다는 생각을 해본 적은 없습니까? 물론, 그런 세계가 있다는 가정 하에서요."

"에이, 그런 말도 안 돼는……."

"아니, 말이 되는 소리입니다. 당신이 날마다 사용하지 않나요?"

"예?"

"자유롭게 머릿속으로 이것저것 그리지 않나요? 바로 그 머릿속에서 그려보는 세계의 이야기입니다."

머릿속 세계에서는 아무런 제약도 없고, 육체적인 제약에 구속되지도 않는다. 당신에게 자유롭게 사용할 수 있는 세계가 이미 있는 셈이다.

"아, 그렇구나."

이제 아무런 제약 없는 세계가 당신 곁에 존재한다는 사실을 깨달았을 것이다.

그렇다면 당신은 자유롭게 사용할 수 있는 그 세계를 잘 통제하고 있는가. 머릿속에서 제멋대로 나쁜 일을 상상하거나 스스로 자신의 한계를 설정하는 등 생각들이 당신의 통제에서 벗어나 제 마음대로 날뛰지는 않는가.

"통제할 수만 있으면 대단할 텐데요."

"그렇죠. 아마 대단할 겁니다. 하지만 능숙하게 조절해야 한다는 전제가 뒤따르겠죠."

"잘 통제하도록 돕는 좋은 방법이 있을까요?"

머릿속으로 그려보는 생각들을 통제하는 것은 지극히 어려운 일이다. 그래서 전혀 바라지도 않은 일들이 머릿속에서 마음대로 날뛰는 것이다.

하지만 그 생각들을 제어할 방법이 전혀 없는 것도 아니다. 그 방법은 잠시 뒤에 설명하도록 하겠다.

### 직감 앞에 문제는 없다

"직감이 예리해진다면 어디에 쓰겠는가?"

어디에 이용하면 좋을까 하고 이런저런 생각을 떠올릴 것이다. 지금까지 직감을 이용하지 않아 쓸데없이 고생한 일이나 억울한 일이 있었을 것이다. 바로 그 일에 직감을 이용하면 될 것이다.

취직할 것인가, 가업을 이을 것인가 하는 문제로 고민했을 때 예리한 직감이 있었다면 자신에게 가장 바람직한 선택을 했을 것이다. 아파트를 구입하려고 이것저것 생각하다가 기회를 날려버리는 일도 없었을 것이다. 애인과 다투고 나서 어떻게 해야 좋을지 끙끙 앓지도 않았을 것이고, 직장 문제로 머리를 싸매고 고민하지도 않았을 것이다.

직장 문제든, 연애 문제든, 돈 문제든 예리한 직감만 있었다면 고민이나 괴로움은 훨씬 적었을 것이다. 고민할 필요가 없다면 얼마나 좋을까?

상상해 보라.

직감으로 크고 작은 여러 문제를 재빨리 판단하고 결론짓는 당신의 모습을. 당신에게 꼭 맞는 일을 찾아내 날마다 보람을 느끼며 행복한 삶을 영위하는 모습을.

가장 싼 시세로 아파트를 사고, 연인과 늘 다정하게 지내며, 고민거리가 생겨도 곧 좋은 해결책이 머릿속에 떠오른다. 어떤가? 생각만 해도 즐거워지지 않는가?

## 직감은 미래를 예견한다

아이디어가 필요할 때, 힌트를 얻고 싶을 때, 해결책을 찾고 싶을 때 당신은 닥치는 대로 이것저것 생각하게 될 것이다. 하지만 아무리 기를 써도 생각나지 않을 때가 있다. 그러다가 잠시 긴장을 풀고 한숨을 돌릴 때, 갑자기 머릿속에 좋은 아이디어가 떠오른다.

괜찮은 아이디어가 머릿속에 떠오르기까지는 대체로 이런 절차를 밟게 되는데, 이에는 상당한 시간이 걸린다. 필요한 아이디어나 힌트, 해결책을 좀더 빨리 얻을 수 있다면 얼마나 좋을까.

여기 그 해결책이 있다.

직감이 예리해지면 고민하고 골머리를 앓는 시간을 줄일 수 있다. 그것도 아주 상당한 시간을.

예를 들면 명절에 시골을 내려가려 하는데, 고속도로를 이용할지 아니면 일반도로를 이용할지를 고민하고 있다고 치자. 고속도로를 이용하는 편이 훨씬 빠를 것 같기도 했지만, 귀성 차량으로 고속도로가 몹시 정체될지도 모른다 생각하여 결국 일반도로를 타고 내려가기로 결정했다.

이 이야기 속에서 당신은 앞으로 일어날 일을 예상했고, 그것을 바탕으로 자신이 해야 할 일을 결정했다. 즉 가까운 미래에 벌어질 일의 결과를 미리 결정했다.

조금 과장해서 말하면 자신의 주변에서 일어날 일을 나름대로 예측한 셈이다. 직감이 예리해지면 미래를 예측하는 일도 가능하다. 미래를 예측하다니, 정말 유쾌한 일이 아닌가.

경마장에서 1등으로 들어올 말의 번호를 직감으로 결정하는 것이나 로또 당첨번호를 직감으로 찍는 것은 말 그대로 미래를 예측하는 것이다.

회사의 방침을 정하고, 신규사업을 정하고, 상품을 개발하거나 판매할 시기를 결정하는 경영자들 가운데는 직감으로 결정하는 사람이 적지 않다. 그들은 자신의 모든 직감을 살려서 회사가 선택해야 할 가장 적합한 방법을 생각하고, 선택한다.

당신이 직감을 자유자재로 활용하는 모습을 상상해 보라. 결정을 앞두고 안절부절하던 당신의 모습을 떠올려보면 통쾌한 기분마저 들 것이다.

### 소련과 미국의 초능력 개발 경쟁의 산물 리모트 뷰잉

1970년대, 구소련과 더불어 동구권 여러 나라에서는 초능력자들을 이용해 첩보활동을 펼쳤다. 이는 단순한 소문이 아닌 사실이었다.

CIA는 그들의 스파이 활동에 대항하기 위해 캘리포니아의 스탠퍼드 연구소에서 초능력으로 정보를 수집하는 방법을 연구했다. 그 사실을 들은 미 육군은 선천적으로 초능력에 소질이 있는 군인들을 스탠퍼드 연구소로 파견하였다.

그리고 훈련을 마치고 복귀한 그들에게는 다양한 투시 임무를 부여했다. 그 임무에는 미 영사관에 설치된 도청기를 발견하는 일, 훈련 중에 미국 폭격기가 실수로 떨어뜨린 물체를 수색하는 일, 소식이 끊긴 군용 헬리콥터를 수색하는 일 등이 포함되었다.

최근 일본의 TV 프로그램에 출연한 적이 있는 조 마크모이글은 이 부대의 창설 멤버였다. 미 육군은 부대 임무 수행이 더 활발해지도록 초능력이 있는 군인들을 선발해 스탠퍼드 연구소에서 훈련을 시켰다

스탠퍼드 연구소에서 원격투시 연구를 담당한 사람은 잉고 스완이라는 초능력자다. 그는 자신이 원격투시를 실행할 때 어떤 과정을 거치는지 알아보려고 자신을 실험 대상으로 하여 원격투시 메커니즘을 연구했다.

그리고는 자신의 손으로 감지한 대상을 재빨리 형상화하는 이데오그램(Ideogram, 상형그림)을 여러 번 시도한 후, 그때 얻은 정보가 대상물의 기본 특징을 나타낸다는 사실을 깨달았다. 또한 머릿속에 오감과 관련된 감각이 떠오른다는 사실도 알아냈다. 시각적으로 보이는 색이나 촉감으로 느끼는 피부 감촉 등이 바로 그것이다.

한편 보통 사람들은 이 정보를 받아서 전송하는 부분이 발달되지 않았다. 그러나 한번에 조금씩 정보를 받아서 전송한다는 사실이 밝혀졌다. 그 후 잉고 스완은 자신이 규명해낸 투시행위의 기

능을 체계화시켰고, 누구나 투시할 수 있는 방법을 만들어냈다.

### 보통 사람이 초능력자를 능가하다

잉고 스완은 자신이 고안한 방법을 보통 사람에게도 적용시켜 보려고 스탠퍼드 연구소의 연구원들을 대상으로 시험해 보았다. 그리고 잉고 스완이 예측한 대로 훈련받은 사람들 모두가 원격투시를 해냈다. 훈련을 거친 사람이라면 누구나 원격투시가 가능하다는 사실이 밝혀졌다. 잉고 스완은 초능력자들의 원격투시와 구별하려고 이 원격투시 방법을 일컬어 '리모트 뷰잉' 이라고 했다.

게다가 보통 사람이 이 방법을 사용하면 선천적인 초능력자를 능가할 수도 있다는 사실이 밝혀졌다. 그 후 스탠퍼드 연구소는 미 육군에게 초능력 소질이 있는 병사들이 아닌, 극히 평범한 병사를 파견해 주기를 요청했다. 그리고 평범한 사람이 리모트 뷰잉을 습득하는 훈련을 받게 되었다. 최근까지도 CIA나 미 육군은 투시부대의 존재를 부정하여 해당 부대가 투시한 대상도 비밀로 남겨놓았다. 하지만 미국의 공문서 공개법이라는 법률 덕분에 2002년 11월에 CIA 기밀문서가 공개되었고, 1980년대부터 리모트 뷰잉을 사용한 부대가 존재했다는 것과 그 활동 내역이 명백히 밝혀졌다. 밝혀진 내용에 의하면, 이란의 미 대사관 인질사건, 리비아를 기습했을 당시 카다피 대령이 피신한 장소를 파악하는 일, 미군 F-111 장거리 폭격기의 추락 현장을 발견하는 일, 파나마의 노에리가 장군의 은신처를 파악하는 일, 레바논 인질 사건에서 인질이 감금된 장소와 건강상태를 파악하는 일들이 그들의 임무였다고 한다.

02

## 직감 훈련 제1단계
# 자신의 느낌을 표현하라

## 02

**인생은 영원히 즐거운 일만 계속되는 피크닉 같은 것은 아니다. 빛과 그늘과 산과 골짜기의 명암이 엇갈리는 변화가 교차하는 여행이다. 불행도 괴로움도 인생의 한 부분이므로 우리의 성공과 성숙도 그것들에 대한 우리의 태도와 밀접하게 맺어져 있다.** — 카네기

### 미국에서는 대학교수도 아이들도 배운다

리모트 뷰잉 강좌의 필수과목 중 하나는 비디오테이프를 통한 예비학습이다.

나는 리모트 뷰잉에 관해서 전혀 모르는 상태에서 배달된 비디오테이프를 허겁지겁 풀어보았다. 모든 것이 영어였고, 자막은 없었다. 테이프는 전부 네 개였다. 그것을 처음부터 끝까지 한 번에 훑어보는 것이 아니라, 그 절차를 기억해야 한다는 것 때문에 나는 상당한 부담감을 느꼈다.

나는 전자사전을 두드려가며, 비디오에서 흘러나오는 에드 데임즈의 강의를 노트에 받아 적었다. 비디오는 리모트 뷰잉의 초

급강좌를 촬영한 내용이었는데, 교실 내의 분위기가 생생하게 느껴졌다. 실제로 미국에 가서 강좌를 들었을 때 많은 참고가 되었다.

영어 실력이 부족했던 탓인지, 강좌가 진행될수록 모르는 내용이 계속 쌓여갔다. TV 화면 속의 학생들은 교수, 샐러리맨 그리고 학생들로 매우 다양했다. 모두 진지한 자세였다. 학생들이 실제로 제각기 리모트 뷰잉을 하는 모습도 비디오에 담겨 있어서, 세션Session이라고 불리는 '리모트 뷰잉 일련의 작업' 을 한눈에 파악할 수 있었다.

**리모트 뷰잉은 한 사람의 인생을 바꾼다**

리모트 뷰잉의 일련 과정은 다음과 같다.

우선 강사가 투시에 사용할 사진을 준비한다. 사진은 새, 호수, 건물 등 다양하다. 그것들을 대상물이라고 부른다. 그 대상물을 학생들이 볼 수 없도록 봉투에 넣고, 번호를 적어놓는다. 강사가 그 번호 중 하나를 읽으면 학생들은 백지에 번호를 받아 적은 후, '이데오그램' 이라는 흘림체 비슷한 선을 재빨리 그린다.

이데오그램에는 대상물의 모든 정보가 포함되어 가끔씩 펜 끝으로 이데오그램을 만지면 그 대상물의 정보를 빼낼 수도 있다.

여기까지가 1단계이다.

계속해서 오감을 기재하는 과정으로, 감지한 색이나 냄새를 나타내는 단어를 단숨에 기재한다. 그 다음에 크기나 형태에 관한 정보도 적는다. 여기까지가 2단계이다.

3단계에서는 2단계에서 얻은 정보를 바탕으로 '스케치'를 한다. 그리고 마지막으로 모든 정보를 바탕으로 대상물이 무엇인지를 알아맞힌다. 이 일련의 과정이 리모트 뷰잉의 흐름이다.

나는 비디오테이프에 나오는 모든 학생들의 리모트 뷰잉 실습 결과가 너무 좋게 나와서 그것을 고의적으로 편집했을지도 모른다고 의심했다. 미국으로 가기 전에 나는 게으름 탓에 그 비디오테이프를 여러 번 보지를 못했다.

LA 공항에서 강사인 FM 본자르를 처음 만났다. 나를 기다리고 있는 본자르를 발견한 순간, '인생이 바뀝니다'라고 맨 처음 전화로 그가 건넨 말이 떠올랐다.

'과연 이번 미국 체류 기간을 통해 내 인생이 바뀌게 될까?'

나는 기대와 불안이 뒤섞인 복잡한 심정으로 첫발을 떼었다.

FM 본자르와 만난 것은 그때가 처음이지만, 그 전에 여러 번 전화로 이야기를 나눈 적이 있어서 곧 친밀하게 대화를 주고받을 수 있었다. 늦은 아침식사를 함께하며, 그는 자신이 리모트 뷰잉과 어떻게 만나게 되었는지를 이야기해 주었다.

그는 체구가 엄청나게 큰 남자로, 언뜻 봐서는 섬세함과는 너무나 거리가 멀어 보였다. 투시의 달인이라고는 믿어지지 않을 정도였다. '리모트 뷰잉은 누구나 배울 수 있는 기술이 아니라 특정한 사람만의 초능력이 아닐까' 하는 의구심이 다시 떠올랐다.

리모트 뷰잉을 습득한 후 그의 인생이 어떻게 바뀌었는지 물었다. 그는 리모트 뷰잉을 시작하기 전에는, 대형 선박의 기관실에서 엔진 등의 추진기관 설계나 수리를 담당하는 기술자였다고 말했다.

"소음 속에서 일을 했기 때문에 청력이 조금씩 나빠졌습니다. 또한 설계대로 움직이지 않는 기계들과 오랜 동안 함께하면서 유물론적인 사고가 철저히 몸에 배어 미래예지나 텔레파시, 염력念力 같은 초자연적인 현상에는 전혀 관심이 없었죠. 초능력 따위는 조금도 믿지 않았으니까요. 하지만 리모트 뷰잉을 시작한 후에는 그 매력에 사로잡혀 버렸어요. 순식간에 그 기술을 내 것으로 만들어버렸죠. 인간의 능력을 비약적으로 상승시켜주는 방법이라고 생각했어요. 나중에는 에드 데임즈 밑에서 리모트 뷰잉을 배웠습니다."

'인생이 바뀌었다' 고 말하며 껄껄 웃는 그의 모습이 인상적이었다.

"장거리 비행으로 피곤할 테니 내일 있을 강좌 시간은 당신이 정하세요."

시간은 9시로 정했다.

호텔 방에 도착하여 침대에 눕자마자, 곧 졸음이 엄습해 왔다.

드디어 리모트 뷰잉을 배운다는 벅찬 기대와 함께 주체할 수 없는 불안감이 나를 감쌌다. 그리고 조금씩 깊은 잠 속으로 빠져들었다.

**왜 아무것도 없는 방에서 하는 걸까?**

다음 날 아침, 조금 일찍 비버리힐스에 있는 교실로 찾아갔다. 그는 이미 모든 준비를 끝내고 기다리고 있었다.

"수면은 충분히 취하셨나요?"

그는 나에게 악수를 청했다. 그의 악수는 힘차고 자신감에 넘쳤다.

나는 그의 안내를 받아 방으로 들어갔다. 그다지 특별할 게 없는 평범한 방이었다. 창문이 하나 있었고, 블라인드가 쳐져 있었지만 그다지 어둡지는 않았다. 벽에는 시계가 하나 걸려 있을 뿐 아무것도 없었다. 방 중앙에 커다란 회색 책상 하나와 의자 두 개가 놓여 있었고, 책상 위에는 하얀 복사 용지 다발이 눈에 띄었다. 정면에는 커다란 화이트보드가 걸려 있을 뿐 다른 것은 없었다. 정말로 소박한 느낌이 드는 방이었다.

방을 둘러보는 나에게 그가 말했다.

"방에 아무것도 없어서 놀랐죠?"

내가 고개를 끄덕이자, 본자르가 그 이유를 설명해 주었다.

"시각적으로 영향을 받지 않게 하려고 이렇게 해놓은 겁니다."

나는 그가 무슨 말을 하는지 이해할 수 없었다.

그의 말은 계속되었다.

"예를 들면 책상 위에 유리컵이나 재떨이가 있으면 그것들이 눈에 띄어서 세션 중에 유리컵이나 재떨이의 색 혹은 담배 등을 떠올리게 되요. 외부의 영향을 받게 되는 거지요."

'아, 그렇구나. 그러고 보니 비디오테이프 내용 중에도 그 점을 설명했던 것 같아. 세션 중에는 불필요한 외부 영향을 가능한 한 피하는 게 좋다고…….'

문득 나는 벽에 걸려 있는 시계에서 아무 소리도 나지 않는다는 사실을 깨달았다.

'시계 소리까지도 신경 쓰는구나…….'

"이게 훨씬 쓰기 편할 겁니다."

그는 수성볼펜 여섯 자루를 책상 위에 올려놓았다.

"전부 다 사용해도 상관없습니다."

나는 그가 시키는 대로 복사 용지를 한 장 꺼내 비디오에서 본 것과 마찬가지로 이데오그램 연습을 시작했다.

## 한 줄의 선으로 모든 것을 안다

리모트 뷰잉은 1단계인 이데오그램에서 시작된다. 초보 리모트

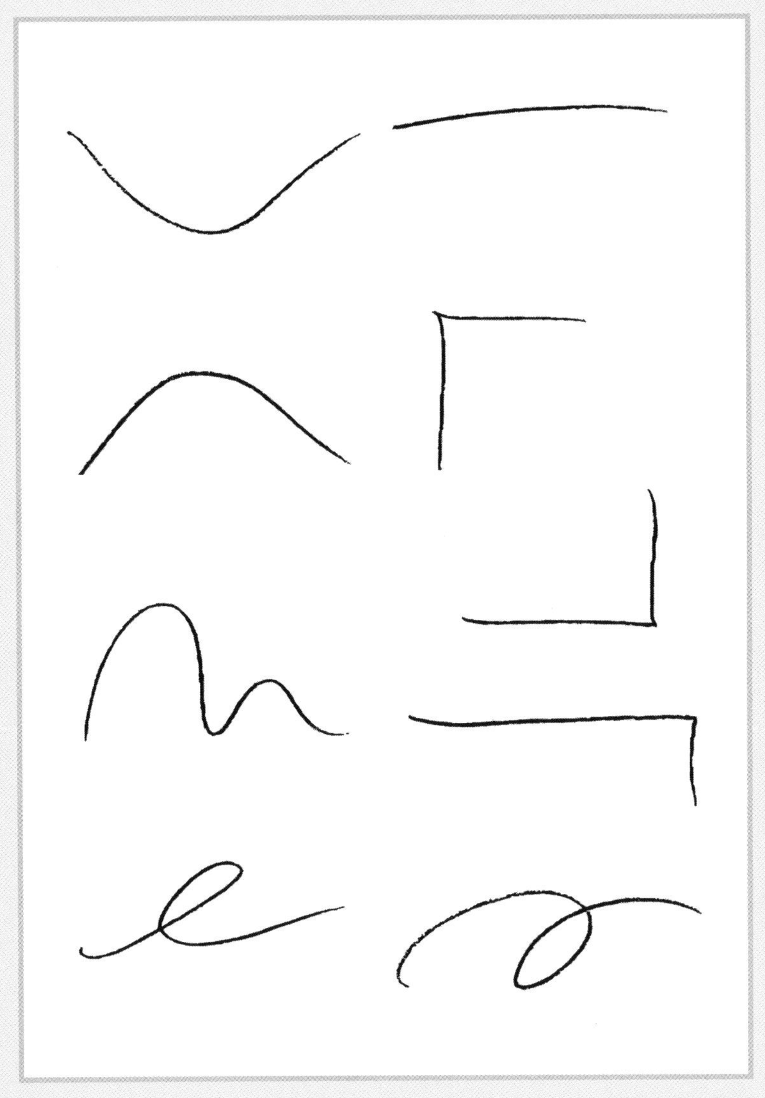

이데오그램의 예

뷰잉은 3단계 수준으로 구성되며, 단계별로 수집하는 정보가 다르다. 1단계의 이데오그램에는 투시하는 대상물(투시의 대상이 되는 목표물)의 모든 정보가 포함되며, 그 선의 형태 속에는 대상물의 형태가 드러나 있다. 연습할 때는 사진을 사용한다. 하지만 실제로는 사람이나 물체, 장소 심지어는 형태가 없는 것을 포함해 무엇이든 할 수 있다. 이데오그램을 그리는 일은 단순한 작업이지만, 리모트 뷰잉을 하기 위해서는 꼭 거쳐야만 하는 중요한 과정이다.

마치 초등학생이 글씨를 연습하는 것처럼 나는 종이 전체에 이데오그램을 가득 채워 넣었다.

좌우로 수평한 선 20줄, 물결 모양의 선 20줄, 위로 올라갔다 내려오는 곡선 20줄 그리고 다시 직각이 포함된 선 20줄.

### 이데오그램 그리는 방법

이데오그램을 충분히 연습하면 그 다음에는 이데오그램을 해독하는 작업이 기다리고 있다. 이데오그램은 육지, 물, 산, 건축물 등 다양한 의미를 지니고 있다. 하지만 초급 단계에서 그 의미를 미리 알면 이데오그램을 그린 순간 선의 종류만으로 대상물을 결정해 버릴 우려가 있다. 그러면 그 후의 세션이 모두 무용지물이 될 수도 있다.

그릇된 생각에 마음을 빼앗겨 오염된 정보를 밖으로 끄집어내기 때문에 그것은 대단히 위험하다. 이데오그램에서 묘사되는 선들의 의미는 리모트 뷰잉에 익숙해진 후 기억해도 늦지 않다. 따라서 이 책에서도 이데오그램의 의미는 뒷부분에 설명하도록 하겠다. 현 단계에서는 자신이 그린 이데오그램의 의미는 생각하지 말고 그냥 자신의 몸에 자연스럽게 맡긴 채 묘사하면 된다.

내가 이데오그램 몇 개를 그리자, 본자르는 이데오그램의 선의 움직임을 구체적인 말로 표현하라고 지시했다. 선의 움직임을 기술하는 것은 선의 움직임과 방향을 단어로 표현하는 작업이다.

선의 움직임을 표현하는 데 복잡한 표현 양식을 사용할 필요는 없다.

'곡선을 그리며 밑으로 처져 있다.'

'나선형을 그리며 위를 향하고 있다.'

'비스듬하게 위로 올라간다.'

이 정도의 표현이면 충분하다.

우선 새 이데오그램을 그린 후, 선의 움직임을 기재해 보았다.

나는 'A' 라고 적고, 그 옆에 '비스듬하게 올라감, 커브를 그리며 밑으로 향함, 위를 향해서 나선을 그림, 곡선을 그리며 밑으로 처짐, 수평이 됨' 이라고 기재했다.

그에게 그것을 보여주자, 미소 띤 얼굴로 그가 말했다.

"선의 움직임을 기술할 수 있는 건 오직 이데오그램을 그린 본인뿐입니다."

'자신의 느낌을 표현하면 그걸로 충분하다'는 말인 것 같았다.

이렇게 선의 움직임을 기술하는 작업을 이데오그램 모션 Ideogram Motion이라 한다.

"펜 끝을 이데오그램에 가져가 보세요."

본자르는 다음 단계를 설명했다. 그가 시키는 대로 나는 펜 끝을 선에 갖다 댔다.

"지금은 아직 연습 단계여서 느껴지는 게 전혀 없을지도 모릅니다. 하지만 세션 중에는 뭔가 느껴지는 게 있을 겁니다. 그 느낌을 'B'라고 기재한 후 그 옆에 하나를 적어 넣습니다. 여섯 개 중에서 가장 자신의 느낌과 비슷한 걸 선택하면 됩니다. 이것을 이데오그램 필링Ideogram Feeling이라고 합니다. 비디오에서 보셨죠?"

물론 본 적이 있다. '딱딱하다, 딱딱한 편이다, 부드럽다, 부드러운 편이다, 액체 같은, 공기 같은'이라는 총 여섯 개의 표현을. 나는 그 표현들을 잊지 않고 있었다.

자연스럽게 몸이 가는 대로 이데오그램을 그리고 선의 움직임을 말로 표현해서 기재한다. 그리고 이데오그램에 펜 끝을 가져간 다음 이데오그램 필링을 써 넣는다. 거기까지가 1단계 과정이다.

실제로 이데오그램을 그리는 연습이 시작되었다. 본자르가 대상물을 나타내는 숫자를 소리 내어 읽었다. 나는 그것을 받아 적

이데오그램 모션의 예

비스듬하게 올라간다

위를 향해서 원을 그린다

곡선을 이루며 내려간다

직각

비스듬하게 위로 올라간다

펜 끝으로 정보를 감지한다

고 곧바로 이데오그램을 그렸다.

“너무 느립니다. 숫자를 받아 적는 순간, 곧장 이데오그램으로 옮겨야 합니다. 자, 조금 더 해봅시다.”

그가 숫자를 읽자, 나는 그 숫자를 재빨리 이데오그램으로 그렸다. 그의 입에서 “됐습니다”라는 말이 나올 때까지 반복해서 연습했다. 약 15분 정도 그렇게 연습을 반복했다.

아무것도 아닌 단순작업에 꽤 많은 시간을 할애하였다. 그만큼 중요한 작업인 것 같았다.

본자르는 빙긋 웃으며 “다음 단계로 넘어갑시다”라고 말했다.

2단계로 넘어갈 모든 준비가 갖추어졌다.

**왜 누구나 할 수 있는 것일까?**

1단계는 불러준 네 자리 숫자를 받아 적고, 곧바로 이데오그램을 그리는 작업이었다. 나는 사전에 비디오를 보면서 연습했기 때문에 그 번호가 무엇을 의미하는지 잘 알고 있었다. 번호는 대상물을 표시한다. 이름 대신 번호로 사진을 표시하는 것은 리모트 뷰잉의 큰 특징인데, 이것이 초능력자들의 투시와 다른 점이다. 잉고 스완이 이 방법을 고안하면서 누구나 리모트 뷰잉을 할 수 있게 된 것이다.

강사가 불러주는 번호를 타깃 넘버Target Number라고 하며, 특정 대상물을 숫자로 표시한다. 말하자면 타깃 넘버는 이름 대신에 붙여놓은 번호인 셈이다.

예를 들어 '도쿄 타워 사진'을 대상물로 삼았다고 하자. 그때 대상물이 되는 사진을 그냥 '도쿄 타워 사진'이라 부르지 않고 임의의 숫자(예를 들면 5646)로 부르는 것이다.

'그냥 적당히 붙여놓은 숫자를 이용해서 정말로 대상물을 투시할 수 있을까?'

나는 걱정이 앞섰다. 그러나 내 눈으로 직접 리모트 뷰잉의 결과를 지켜보고는 그 걱정이 기우에 지나지 않았다는 사실을 깨달았다.

## 머리를 텅 비우면 답이 떠오른다

타깃 넘버의 중요성을 설명하려면 초능력자 잉고 스완의 이야기로 되돌아가야 한다. 당시는 대상물을 숫자로 부르는 방법은 아직 개발되지 않은 상태였다.

예를 들어 '소련의 군사기지에서 지금 어떤 실험이 행해지는가를 투시하려 한다면' 대상물이 그냥 그대로 전달된다. 잉고 스완은 투시를 의뢰 받았을 때, 대상물이 머릿속에서 이미지의 형태로 떠올라 그것이 투시 결과에 영향을 주는 문제로 고민을 했다. 소련의 해군 기지를 투시해 달라는 의뢰를 받았을 때, 언젠가 항공사진으로 보았던 군항 이미지나 영화에서 보았던 군함 이미지가 연이어 떠올라 종종 필요한 정보를 얻는 데 실패했던 것이다. 그 이미지는 쉽게 머릿속에서 지워지지 않았다. 그 이미지에 압도되어 중요한 세션 정보를 얻는 데 실패했을 뿐 아니라 오염된 정보를 얻는 불상사마저 생겼다.

대상물 이미지가 아무런 영향을 받지 않도록 하려면 이미지 그 자체가 머릿속에 떠오르지 않도록 머리를 텅 비워야만 한다. 하지만 어떻게 하면 좋을지 그 방법을 좀처럼 알 수 없었다. 그는 대상물이 무엇인지 모르는 상태에서 그곳에 도달하는 방법을 알아내야 했다.

어느 날, 잉고 스완은 수영장에서 쉬고 있다가 불현듯 '좌표' 라는 개념이 머릿속에 떠올랐다. 그는 그 아이디어가 잘 맞을 것이라고 믿고 서둘러 '좌표' 라는 아이디어를 실행에 옮겼다. 해군기지의 지도좌표가 예를 들어 북위 59도 32분, 동경 48도 29분이라 한다면 그 숫자 5932, 4829를 사용하는 식이었다.

스탠퍼드 연구소에서 그 아이디어를 실행했는데 결과는 아주 좋았다. 즉 불러준 번호를 듣는 것만으로 대상물의 정보를 정확히 얻을 수 있었던 것이다.

잉고 스완은 다른 이미지에서 불필요한 영향을 받지 않는 새로운 방법을 찾아낸 것이다.

### CIA를 당황케 한 좌표투시의 위력

좌표 투시에 얽힌 재미있는 일화가 있다.

한번은, 번호만으로 투시가 가능하다는 사실을 CIA에 증명하기 위해 투시 실험이 행해졌다. 그런데 의도치 않게 CIA도 모르던 국방성의 비밀 지하 시설의 존재를 투시해 버렸다. 이 일은 일급 기밀 누설이라는 범죄 행위로 오인되었고, CIA를 포함한 관계자가 국방성 보안부의 조사관에게 심문을 받는 소동으로 이어졌다.

그 후 투시를 하는 사람에게는 투시의 대상이 되는 대상물을 미리 알려주지 않고, 그 대신 네 자리 숫자의 번호를 두 개씩 알려주었다. 그렇게 숫자를 이용함으로써 리모트 뷰잉은 누구나 배울 수 있는 기술이 되었다.

리모트 뷰잉에 사용되는 타깃 넘버는 반드시 네 자릿수 숫자로 표현해야 하는 것은 아니다. 숫자 역시 좌표 같은 것에 구애받지 않고 임의로 좋아하는 숫자를 선택해도 괜찮다. 이것저것 시험해 본 결과, 다섯 자리, 여섯 자리 숫자를 사용해도 아무런 문제가 없었다.

다만 알파벳은 사물의 이름과 마찬가지로, 그 알파벳과 연관된 어떤 이미지가 연상되기 때문에 적합하지 않다. 머릿속을 텅 비우는 것이 목적이므로 가능한 한 아무 의미도 없는 숫자가 가장 좋다.

**::이데오그램 그리기**

이데오그램 그리는 작업을 비유로 설명하자면, 어떤 건물이 있을 때 그 건물과 관련된 정보를 하나로 뭉뚱그려 포착하는 것이다.
몸 전체가 마치 센서처럼 작동해서 신호를 감지하게 된다. 즉 대상물에서 나오는 파동신호에 자율신경이 반응해서 손과 팔이 무의식적으로 움직이며 이데오그램을 그린다.
이데오그램은 신체 반응에 모든 것을 맡겼을 때 순간적으로 완성되는 선이다. 0.3초, 눈 깜짝할 사이에 이데오그램을 그려야 한다. 1초도 늦다.
이데오그램은 타깃 사이트라고도 한다. 대상물 그 자체뿐 아니라 대상물이 있는 장소 전체의 형태를 묘사하기 때문이다.
이데오그램은 좌우로 뻗은 선, 'ㄱ' 자를 비스듬하게 놓은 듯한 선, 직각으로 굽은 선, 스프링처럼 생긴 선 등 몸의 반응으로 그려지는 다양한 선을 말하며, 그것은 우리에게 의미 있는 정보를 전달한다.

실제로 이데오그램 몇 개를 그려보자.

이데오그램이 자연스럽게 그려질 때까지 계속 연습해 보자. 재미도 없고 무의미해 보이지만 익숙해지면 이데오그램을 그린 순간, 대상물에서 무엇인가를 알 수 있다. 머리를 텅 비운 상태에서 그린 이데오그램은 결코 하찮은 것이 아니다.

:: **이데오그램 모션** Ideogram Motion

A | 위를 향해 원을 그리는 선
커브를 그리며 위를 향한다
커브를 그리며 내려간다
비스듬하게 위로

:: **이데오그램 필링** Ideogram Feeling

딱딱하다
딱딱한 편이다
부드럽다
부드러운 편이다
액체 상태의
공기 같은
이 여섯 개의 표현 중에서 하나를 고른다

B | 부드럽다

03

직감 훈련 제2단계

# 아무 생각도 없는 무無의 경지에 도달하라

## 03

**사람은 그 마음속에 정열이 불타고 있을 때가 가장 행복하다. 아직 그대 마음속에 정열이 불타고 있을 때, 더 높은 목표에 도전하라. 사람은 그게 무엇이건 하나의 목표 아래 살아가고 있고, 또 그것이 옳다고 생각함으로써 행복을 느낀다.**

— 에픽테투스

### 머릿속을 비워라

"그럼, 다음 단계로 넘어갈까요? 이미 알겠지만 색, 소재 질감, 냄새, 온도, 소리 이 모든 정보를 지각 데이터Sensory Data라고 합니다."

"지각 데이터?"

나는 그의 말이 잘 이해되지 않았다.

"용어가 좀 어려운가요? 그냥 말한 순서대로 기술하면 되는 겁니다. 여기서 정보는 데이터를 지칭합니다. 획득한 정보, 즉 지각한 데이터를 기재하는 겁니다."

"지각한다?"

나는 여전히 그가 무슨 말을 하는지 이해하지 못했다.

"머릿속에 떠오르는 정보를 기술하는 겁니다."

"머릿속에 떠오르는 정보?"

나는 리모트 뷰잉이 마치 초능력자처럼 숨겨진 것을 실제로 보거나 듣게 해주는 기술이라 생각했고 기대했다.

"네. 머릿속에 문득 떠오르는 데이터."

"데이터? 감지하는 게 아닌가요?"

"아뇨. 처음에는 거의 아무것도 느낄 수 없습니다. 아이디어니까요. 색 아이디어, 소재 질감 아이디어, 냄새 아이디어, 맛 아이디어, 온도 아이디어, 소리 아이디어."

"아이디어란 말씀이군요."

그러면서도 나는 그의 말이 정확히 무엇을 의미하는지 알 수 없었다.

실제로 피부로 느낄 수 있는 구체적인 것이라면 쉽게 이해할 텐데, 그런 것과는 거리가 먼 듯했다.

"자, 그럼 이렇게 해봅시다. 내가 '색' 이라고 말하면 생각나는 색을 말해 보세요."

'뭘 하려고 그러지?'

"자 준비됐나요?"

고개를 끄덕이자, 본자르가 말했다.

"색."

"빨강, 파랑, 초록, 노랑, 하양, 갈색, 검정 그리고 음……."

6, 7초간 잠시 생각한 뒤, 나는 계속해서 색 이름을 댔다.

"보라, 금색."

유치원생들이 '색 이름 말하기 놀이'를 하는 것 같았다.

게임에서 이기려고 색 이름을 머릿속에서 필사적으로 생각해낸다. 생각한다기보다 아는 것을 찾아서 끌어내는 느낌이었다.

'초능력과는 틀려도 한참 틀리군.'

"네. 그런 느낌으로 기술하면 됩니다. 무엇이든 의도적으로 생각하지 않는 게 중요합니다. 보라는 나중에 의도적으로 생각해서 말한 건데, 그러면 안 됩니다."

나는 그의 말에 고개를 끄덕였다.

'생각하면 안 되는구나. 리모트 뷰잉을 할 때 뭔가를 생각하는 건 치명적이란 말이군. 하지만 생각하면 안 된다니……. 정말이지 터무니없는 요구 아닌가. 생각하지 않으면 아무것도 머릿속에서 끄집어낼 수 없는데…….'

"지각과 생각에는 큰 차이가 있지요. 느끼는 것과 만들어내는 것이 서로 다른 것처럼 말이죠."

'뭐가 틀리다는 거지?'

그러다가 문득 무엇인가를 깨달았다.

'초능력자들이 무엇인가를 투시할 때, 그들은 느낀 것을 말로 전달하는 거야. 무엇인가를 만들어내는 것이 아니었어!'

나는 어렴풋하게 이해할 수 있었다.

"그렇죠. 만들어내지 않는다. 생각하지 않는다. 그저 느끼는 것, 바로 그거예요. 다만 우리는 귀로 직접 듣거나 피부로 느낄 수는 없죠. 초능력자가 아니니까요. 하지만 아이디어로 느낄 수 있어요. 색의 아이디어, 색을 정말로 볼 수 있는 건 아니지만 만약 볼 수 있다면 어떤 색일까 하는 아이디어 말예요."

"중요한 건 아이디어군요. '단어' 라든지 '언어' 라는 말로 대체하면 좀더 이해하기 쉬울 것 같네요. 과연 다시 유치원생이 된 기분으로 색 이름 대기 게임을 할 수밖에 없겠는데요."

"아이디어를 종이에 적기만 하면 되는 거죠."

나는 우선은 그의 말을 이해한 척했다.

"불쑥불쑥 머릿속에 떠오르는 걸 적는다. 그때 중요한 건 생각하지 않는 건데, 그게 사실 굉장히 어렵죠."

본자르의 말은 계속되었다.

"생각하지 않으려고 종이에 단어를 적는 시간을 3초 이내로 제한합니다. 그러면, 뇌가 무엇인가를 생각하거나 인위적으로 만들어내지 못하도록 하는 데 많은 도움이 될 겁니다."

나는 언제라도 머릿속을 텅 비울 수 있다. 그런데 머릿속을 텅 비우는 것과 생각하지 않는 것은 무엇이 다를까? 그런 생각을 하면서 아무 생각도 하지 않는 상태를 만들려고 노력했다.

하지만 한참을 그렇게 있다 보니 나의 뇌는 오늘 점심식사를 생각하기 시작했다. 아무 생각도 하지 않는 '무의 경지'에 도달하는 일이 간단하지는 않았다.

### 생각하지 마라

계속 주의하지 않으면 뇌는 곧 무엇인가를 생각해 버린다. 3초 이내에 단어를 적자. 그것이 생각하는 것을 피하는 방법이다.

누가 고안했는지 모르지만, 뇌의 구조를 잘 파악한 좋은 방법인 듯하다.

"익숙해지면 자신만의 페이스가 생깁니다. 그러면 곧 마음이 가라앉습니다. 그렇게 하려면 3초 간격으로 리드미컬하게 종이에 단어를 기재해야 합니다. 한 단어를 쓰면 곧바로 3초 이내에 다음 단어를 적습니다. 만약 못 적었다면 바로 멈춥니다. 그리고 다른 오감의 데이터로 바꾼 후 계속합니다. 간단하죠?"

설명을 듣는 동안에는 간단해 보였다.

"여기에 투시할 사진이 들어 있습니다."

그는 손에 든 봉투를 위로 쳐들어서 내게 보여주었다.

"이것을 투시해서 지각 데이터를 적어보세요."

그는 너무나 갑작스럽게 나에게 투시를 요구해 왔다.

'그냥 느낌대로 하면 어떻게든 되겠지.'

"준비되었으면 신호를 보내세요."

나는 심호흡을 한 뒤 어느 정도 차분해지자, 그에게 신호를 보냈다.

본자르는 봉투에 적혀 있는 번호를 소리 내어 읽었다.

"5836, 2937"

그는 좌표를 사용할 때처럼 네 자리 숫자를 두 개 사용했다.

나는 그 숫자를 받아 적은 후 곧바로 이데오그램을 그렸다고 생각했지만, 그는 "느립니다. 처음부터 다시 해야겠군요"라고 말했다.

숫자를 받아 적은 후에 이데오그램으로 표현하는 과정에서 문제가 있었던 것 같다.

그가 다시 한 번 같은 숫자를 소리 내어 읽었다. 이번에 나는 즉석에서 숫자를 받아 적는 동시에 이데오그램도 그렸다. 이번에는 본자르도 아무 말 하지 않았다. 나는 리모트 뷰잉 다음 단계로 넘어갔다.

A : 커브를 그리며 올라간다. 커브를 그리며 내려간다. 비스듬하게 올라간다. 밑을 향해서 나선형을 그린다. 파도친다.

B : 딱딱한 편이다.

'S2(단계 2)' 라고 쓰고 그 밑에 '색' 데이터를 적어놓았다. 파랑, 초록…….

"더 빨리!"

그는 좀더 스피드를 내라고 요구했다.

빨강, 하양…….

나는 손을 멈추었다.

"계속해서 '소재 질감'으로."

나는 색의 데이터 밑에 '소재 질감' 데이터를 적어 넣기 시작했다.

채 2분도 지나지 않아 '색'에서 '온도'까지 모든 데이터를 적어 넣었다.

"더 빨리 데이터를 기록하도록 하세요. 이 정도의 지각 데이터라면 1분 정도면 충분합니다."

상당히 무리한 요구라고 생각했지만 그 말에 따를 수밖에 없었다. 나는 고개를 끄덕였다.

"자, 그럼 봉투 안을 볼까요?"

본자르가 내 눈앞에서 봉투를 꺼냈다. 지각 데이터이므로 큰 기대나 불안은 없었다. 그는 봉투 안에서, 잡지에서 오려낸 사진을 꺼냈다. 여객선 사진이었다. 데이터는 나름대로 사진과 부합된 것처럼 보였다. 이데오그램의 파선은 수면을 나타내고, '딱딱하다, 금속, 움직인다, 천천히, 거대하다' 등과 같은 데이터는 떠 있는 배의 몸체를 표현한다.

데이터에 불과했으므로 '아, 이런 거구나……'라고 생각했을 뿐 별다른 느낌은 들지 않았다.

'좀더 진행되면 감동하겠지…….'

조금 불안하기는 했지만 나는 그렇게 생각했다.

### 뇌를 피곤하게 하는 일은 최소화하라

나는 의자에 앉아 등을 기대고 쉬면서 천장의 한 지점을 바라보았다. 그리고 한숨처럼 길게 숨을 내쉬었다.

지금까지 두뇌를 이토록 빠르게 회전시킨 적이 있었나? 생각해 봐도 별로 기억에 없었다. 지금까지 없던 경험이었다.

하지만 그다지 힘들거나 괴롭지는 않았다. 지금 한 일은 두뇌 회전을 빠르게 한 행동이 아니다. 재빨리 무엇인가를 생각하는 작업도 아니다. 신속하게 무엇인가를 머릿속에서 끄집어내는 작업이었다.

무엇인가를 생각하는 행위는 때에 따라 고통을 수반하며, 많은 에너지를 소모하게 해 제법 피곤하다. 게다가 생각이 잘 정리되지 않거나, 아무것도 얻지 못하는 상태가 되면 스트레스가 쌓이기도 한다.

하지만 리모트 뷰잉은 재빨리 필기해야 하는 일을 제외하고는 무엇인가 만드는 행위가 아니므로 에너지 소모가 없고 정신과 육체가 그다지 피곤하지도 않다. 자신이 아는 범위 내에서 무엇인가를 끄집어내는 일이기 때문에 어떤 면에서 보면 당연한지도 모르겠지만 말이다.

### 순간적으로 떠오른 단어를 써라

많은 정보를 끄집어내는 것은 그다지 어려운 일이 아니다. 밖으로 꺼내는 내용을 늘리면 그만이다. 그 안에 계속 단어를 집어 넣기만 하면 되는 것이다. 나는 단어 목록을 늘리는 게 좋겠다고 생각했다. 만일을 대비해 확인차 작성한 목록을 서류철에서 살펴보는데 본자르가 되돌아왔다.

"그게 무엇이지요?"

본자르는 일본어를 몰랐다.

"단어 목록입니다. 훈련에 들어가기 전에 미리 확인해 두는 게 좋을 것 같아서요."

"단어 목록은 사용해도 괜찮습니다."

"기재할 때 봐도 되나요?"

"네. 상관없어요."

"이 단어 목록을 보고 있으면 3초 내에 필기하기가 힘들 텐데, 그래도 괜찮나요?"

"네, 상관없습니다."

"하지만 3초 내에……."

"눈으로 리스트에 적혀 있는 단어를 볼 뿐, 머리로 뭔가를 생각하는 건 아니니까 상관없어요. 단어를 보고 순간적으로 떠오르는 걸 적으면 됩니다."

'순간적으로 어떤 단어를 떠올리려면 직감을 사용해야 한다.

그런데 그것이 예리하지 않고도 가능할까?'

나는 그런 의문이 들었다.

"누구에게나 직감이란 것이 있습니다. 물론 당신도 마찬가지죠. 사람에 따라서 정도의 차이는 있을 수 있겠지만."

그가 웃으며 말했다.

"순간적으로 떠오른 단어를 기재하려면 자신의 직감이 작용해야만 합니다. 이유는 잘 모르겠지만 마음에 드는 단어를 선택하는 겁니다. 정말로 '직감' 이라는 말 이외에는 달리 설명할 말이 없군요."

'까닭 없이 어떤 단어를 골라내는 거니까, 결국 느낌을 사용하는 셈이군.'

"느낌이 예리한 사람일수록 적당한 단어를 고르겠군요?"

나는 그에게 물어보았다.

"처음에는 느낌이 예리한 사람의 데이터가 정답이 될 확률이 더 높지요. 하지만 둔감한 사람도 계속 연습을 반복하다 보면 직감이 향상되고 예리해집니다."

"누구라도?"

"그렇죠. 그리고 단어 리스트를 보지 않고 필기하는 것도 마찬가지죠. 머릿속에 있는 단어를 골라서 의식적으로 떠오르도록 만드는 행위 역시 직감이 작용한 결과입니다."

그는 그렇게 말하며 다시 직감을 강조했다.

"육감이 예리해진다. 직감이 예리해진다."

나는 혼잣말로 중얼거렸다.

"맞습니다. 직감을 단련시키는 거죠."

"단어를 종이에 필기하는 작업이 직감을 단련시키는 거군요."

"이 훈련을 마친 사람들은 상당히 직감이 예리해졌다고 말한답니다."

정말 듣던 중 반가운 소리가 아닐 수 없었다. 나의 기대는 더욱 커졌다.

## 마음도 눈과 마찬가지로 하나의 센서

그가 말했다.

"지각 데이터를 필기할 때 주의할 점은 이미 알고 있겠죠? 3초 내에 생각나는 대로 곧바로 적을 것. 또한 자신의 페이스를 유지하는 게 중요합니다. 페이스를 잘 유지하면 자신의 작위적인 생각이 끼어들 틈이 없으니까요."

'리모트 뷰잉을 하는 건 난데, 왜 내 생각이 들어가면 안 되는 걸까?'

이런 생각이 언뜻 들었지만, 한편으로는 어떤 사실을 깨닫기도 했다.

'아, 정보를 얻는 작업은 자신과는 아무런 관계가 없는 거구나.

자신의 몸이 마치 센서와 같은 역할을 하니까 자신의 생각이 개입되면 특정한 정보만 취해 세션 작업을 망쳐버릴 위험이 있구나.'

"그럼 다음으로 AI(Aesthetic Impact, 감각적 영향)를 배워보도록 하겠습니다. AI란 당신이 실제로 그 장소에 있다고 가정했을 때 과연 어떤 느낌이 들지를 생각하는 겁니다."

나는 머릿속이 혼란스러웠다.

간신히 자신의 생각이 개입되지 않도록 하는 일이 중요하다는 사실을 겨우 이해하기 시작했는데, 이번에는 내가 무엇을 느끼는지를 물어보고 있다. 그가 말한 그대로 하면 이번에는 내 생각이 적극 개입될 게 아닌가?

그것을 그에게 물어보지 않을 수 없었다. 그러자 그가 다시 설명했다.

"대상물이 당신의 마음에 어떤 느낌을 들게 하는지, 당신에게 어떤 기분이 들게 하는지 생각해 보는 겁니다. 대상물에 관해 생각하라는 말은 아닙니다."

'무슨 말이지?'

나는 여전히 그의 말을 이해하지 못했다.

"AI는 무엇인가를 생각하는 것과 전혀 다릅니다. 예를 들어 조용한 호수에 떠 있는 요트 사진이 있다고 합시다. 그 사진을 보면 평화로운 기분이 들거나 마음이 느긋해지거나 유유자적한 기분이 들겠죠. 그건 당신의 생각이 아니라 느낌입니다. 그 느낌도 정보의 하나가 되는 겁니다.”

오감과 마찬가지로 마음이 느끼는 무엇인가를 적으면 된다는 이야기 같았다. 우선은 그런 식으로 이해하고 넘어가기로 했다. 무엇인가를 배울 때 하나하나 이해하면서 진행하면 좀처럼 앞으로 나아가지 못한다. 그런 방식은 새로운 것을 배울 때 장애 요소로 작용할지도 모른다. 전체적으로 학습한 후 그때 가서 생각해도 늦지는 않다.

본자르는 화이트보드에 ‘AI—’ 라는 글자를 적었다. ‘—’ 는 브레이크라고 읽었다.

“그리고 그 순간의 느낌을 ‘AI—즐겁다’ 라는 식으로 적습니다.”

그는 다시 화이트보드에 ‘AI—즐겁다’ 라고 적었다. 별로 어려울 것 같지는 않았다.

“AI를 적은 후에는 일단 펜을 이런 식으로 툭 책상 위에 떨어뜨리고 다시 주워서 다음으로 진행합니다.”

“왜 펜을 책상 위에 떨어뜨리는 거죠?”

“신호를 잠시 끊기 위해서입니다. 앞으로의 세션이 당신의 감정에 영향을 미치지 않도록 하기 위해서죠.”

‘그렇다면 처음부터 자신의 감정을 안 적으면 될 게 아닌가?’ 하는 생각이 들었지만, 이제 막 배움을 시작한 내가 너무 주제넘는 것 같다는 생각이 들었다.

그때 새삼스럽게 그가 몇 번씩 이야기했던 “몸은 센서다”라는 말이 머릿속에 계속 떠올랐다. 내 온몸은 하나의 센서가 되어 이런저런 정보를 온몸으로 느낀다. 그제야 나는 그의 말을 깨달았다. 그것으로 또 하나의 의문이 풀렸다.

### 대상물의 형태를 감지하라

"자, 다음은 디멘션Dimension으로 넘어가도록 하겠습니다. 디멘션이란 대상물의 형태나 움직임, 크기 등을 지칭하는 말입니다. 지각 데이터에서는 시각 정보로 색을 취했지만, 여기서는 시각으로 얻는 색 이외의 정보를 적습니다. 예를 들면 '수평이다, 비스듬하다, 둥글다, 낮다, 깊다, 빠르다, 회전한다, 크다' 같은 것들을 디멘션이라고 합니다. 이건 중요한 정보입니다. 지각 데이터도 물론 중요한 정보지만, 디멘션이 좀더 중요하다고 할 수 있습니다."

"왜 그렇죠?"

"대상물의 형태나 그것이 존재하는 장소를 포함한 정보이기 때문입니다."

"그렇다면 대상물이 있는 장소를 알아맞히거나 대상물의 형태를 알 수 있다는 말인가요?"

"그렇습니다. 육군의 투시부대는 그런 식으로 소련의 군사정보를 수집했습니다."

"굉장하군요. 그들이 행한 것과 같은 종류의 투시가 가능하다는 말이군요."

나는 흥분하며 그렇게 말했다.

"어차피……." 그는 짧게 말했다.

"어차피?"

"가능하다는 건 확실합니다. 투시부대가 존재했다는 사실이 그걸 증명해 주니까요. 다만 상당한 훈련을 쌓아야만 합니다."

찬물을 끼얹은 것처럼 나의 기대와 흥분은 한순간에 식어버렸다.

"그들이 한 것과 똑같은 투시가 불가능하다 해도, 충분히 인생에 도움이 될 겁니다."

"어떤 식으로 도움이 된다는 말이죠?"

"그건 나중에 천천히 얘기하도록 하죠."

그는 신중하게 말을 아꼈다. 나는 정말로 내가 투시를 사용할 수 있게 될지 어떨지 불안했다. 나는 마음으로 외쳤다.

'만약 사용하지 못한다면, 어떻게 합니까?'

### 날마다 연습하라

잠시 휴식을 취하는 동안 육군 투시부대 대원들의 이미지가 내 머릿속에 떠올랐다. 조용한 방에서 두 사람이 서로 마주 보고 리모트 뷰잉을 하는 장면이었다.

'그 사람들이 적국의 군사 정보를 수집했다. 평범한 군인들이 그 일을 했다. 초능력자가 아닌 보통 군인, 군인 이전에는 그저 평범한 사람들이었다. 평범한 사람? 그렇다면 바로 나잖아? 나도 그들처럼 할 수 있지 않을까?'

나는 그때까지 머릿속에 품었던 의문에 대한 대답을 찾기 시작했다.

"누구나 가능하다고 했는데, 정말로 그런가요?"

본자르에게 나는 단도직입적으로 물었다.

"기본적인 건 가능합니다. 하지만 그 다음부터는 본인이 어떻게 하느냐에 달려 있죠."

그는 모호하게 대답했다.

나는 그가 가능 여부를 딱 잘라서 말해 주기를 원했다.

"리모트 뷰잉은 기술입니다. 따라서 연습하면 능력을 향상시킬 수 있습니다. 에드 데임즈는 리모트 뷰잉을 활쏘기에 비유한 적이 있습니다. 처음에는 뜻대로 잘 안 되지만, 계속 연습하다 보면 결국 과녁을 명중시킬 수 있다는 논리죠."

활쏘기 비유는 꽤 그럴 듯하게 들렸다.

"악기 연습도 마찬가지인 것 같군요. 피아노 같은……."

"그렇죠. 처음에는 서툴지만 날마다 연습하면 초급에 도달하고 그 다음 중급에 도달하고……."

'날마다' 연습해야 한다는 그의 말이 그다지 마음에 들지 않았다. 하지만 어쨌든 날마다 연습하면 무엇인가 될 것 같았다. 단지 계속하라는 그의 말이 마음에 걸렸다. 성공하지 못했을 때 "당신이 날마다 연습하지 않은 탓이죠"라고 말한다면 나로서는 할 말이 없을 것이기 때문이었다.

"숙달하려면 날마다 연습하는 게 좋겠죠?"

바보 같은 질문을 해버렸다. 상대편의 대답은 듣지 않아도 뻔했다.

"물론입니다. 처음 몇 달 동안은 되도록 자주 연습해서 그 느낌을 포착하는 게 좋습니다. 자전거나 수영처럼 일단 그 요령을 터득하면 결코 다시 잊는 법이 없으니 익숙해지면 날마다 연습하지 않아도 됩니다."

나는 그의 대답을 듣고 의외라는 생각이 들었다.

'날마다 연습하지 않아도 된다고?'

"당신은 요즘 일주일에 몇 번 정도 리모트 뷰잉을 하나요?"

나는 궁금한 점에 대해 그에게 질문했다.

"세 번 정도입니다."

'날마다 하는 게 아니라 일주일에 세 번! 그렇다면 나는 일주일에 한 번 정도로 족하겠지?'

"이제 디멘션에 대해서는 알겠습니까?"

"네."

사실은 "그럭저럭……"이라고 말하고 싶었지만 그러면 "어느 부분이 이해되지 않죠?"라고 그가 물어볼 것이 뻔했다. 번거롭게 다시 영어로 설명하느니 차라리 모두 이해한 척하는 편이 나을 것 같았다.

### 머리에 떠오른 영상은 잘못된 것이 많다

"디멘션으로 대상물의 이미지를 떠올릴 수는 없습니까?"

나는 디멘션으로 대상물의 이미지를 보았으면 했다.

"물론 가능합니다."

그는 웃으며 말했다.

'아! 드디어 초능력의 출현인가?'

"정말입니까?"

나는 기쁨을 감출 수 없었다.

"다만 그 이미지가 보통과는 좀 다릅니다."

고의 대답은 조금 미덥지 못한 구석이 있었다.

"다른 이미지라면?"

"디멘션에 국한된 건 아니지만, 한참 리모트 뷰잉에 열중하면 이미지가 떠오를 때가 있습니다."

'저절로 떠오른다고?'

"지각 데이터나 디멘션 데이터를 기재하다 보면, 자신도 모르는 사이에 머릿속에 남아 있는 데이터를 토대로 우리 뇌는 이미지를 만들어냅니다. 그런 현상은 특히 초심자들에게 많이 일어나죠."

"이미지가 떠오르지 않는 편이 좋은가요?"

"그렇죠. 세션 중에 이미지는 떠오르지 않는 편이 좋습니다."

"자신도 모르게 이미지가 떠오르면 어떻게 하죠?"

"좋은 질문입니다."

그는 자리에서 일어나 화이트보드로 향했다.

"이매지네이션Imagination, 즉 상상하여 떠오른 영상은 잘못된 것이라고 생각해도 좋습니다. 머릿속에 그 이미지가 남아 있으면 세션에 영향을 미치기 때문에 결국 남아 있는 세션을 망쳐버릴 우려가 있습니다. 상상으로 데이터가 오염되는 거죠. 그러니까 머릿속에서 그 이미지를 배제해야만 합니다."

'하지만 어떻게 배제해야 하지?'

내가 질문을 던지기 전에 본자르는 화이트보드에 'AOL' 라고 쓰며 소리 내어 읽었다.

"AOL."

인터넷 서비스 회사와 비슷한 이름의 약자였다.

"해석적 넘겨짚기Analytical Overlay' 의 약어로 AOL이라고 부릅니다. 이매지네이션은 대부분이 AOL입니다."

본자르는 내 얼굴을 쳐다보았다. 내가 머리를 조금 갸웃거리자 잘 이해하지 못하고 있다는 것을 눈치 챈 것 같았다.

"이매지네이션은 뇌가 데이터에서 만들어낸 잡음 같은 겁니다."

## 저절로 떠오르는 영상을 제거하라

"이매지네이션이 AOL이란 말이죠?"

"그렇게 생각해도 별 문제는 없습니다. 자, 그럼 잡음으로 여겨지는 AOL을 머릿속에서 제거해야만 합니다. 그 방법으로써 AOL—." 본자르는 화이트보드에 'AOL—' 이라고 적었다.

"그 다음에 이매지네이션을 말로 표현해서 적습니다. 예를 들어 머릿속에 자유의 여신상 이매지네이션이 떠오른다면 'AOL—자유의 여신상' 이라고 적습니다."

"도쿄 타워라면 'AOL—도쿄 타워' 라고 종이에 적어 넣습니다."

그는 내가 일본에서 왔다는 사실을 감안해 도쿄 타워라는 익숙한 대상을 예로 들어 설명해 주었다. 나는 그 나름의 배려라고 생각했다.

"자, 중요한 사항을 말할 테니 잘 들어야 합니다."

그는 다짐을 받듯이 나를 쳐다보았다.

"AOL 옆에 무엇인가 써넣었다면, 반드시 한 번은 펜을 책상으로 떨어뜨리십시오."

"펜을 떨어뜨린다? 그건 조금 전 AI의 상황과 마찬가지군요. 이것 역시 그릇된 신호를 단절시키기 위해 하는 건가요?"

"그렇죠."

"언제 AOL을 적어 넣으면 되죠?"

"이매지네이션이 떠오르자마자 곧바로 적어 넣어야 합니다."

"소재 질감 데이터를 써넣을 때 이매지네이션이 떠오르면 AOL—형식으로 그 이매지네이션을 써넣어야 하나요? 예를 들어 디즈니랜드 하는 식으로"

"그렇죠. 언제 어디서든 이매지네이션이 떠오르면 AOL을 기재합니다. 다 적어 넣었으면 펜을 일단 책상 위에 떨어뜨렸다가, 잠시 후에 다시 손에 쥐고 계속 진행합니다."

"대충 어느 정도 있다가 다시 시작하죠?"

"2, 3초 정도면 충분합니다. 머릿속에서 그 이매지네이션이 사라진 것 같은 기분이 들 때 시작하면 됩니다."

"아, 그렇군요."

"다시 한 번 말하지만, 이매지네이션을 다룰 때는 정말로 주의해야 합니다. 나머지 세션을 망쳐서 그 세션이 쓸데없는 시간 낭비가 되지 않도록 말이죠."

그의 말을 듣고 나는 조금은 긴장감을 느꼈다.

"세션을 끝내고 분석할 때, 이매지네이션 때문에 세션이 엉망이 되었다는 사실을 깨달으면 여간 실망스러운 게 아닙니다."

그가 웃으며 말했다.

나 역시 그렇게 되지 않기를 간절히 바랐다.

**예술적 재능이 있는 사람에게 유리하다**

본자르는 서류철에서 종이를 꺼내 내 앞에 놓았다.

"그걸 그려보세요."

"네?"

나는 놀랐다. 그가 나에게 내민 종이에는 단순한 선으로 불화佛畵가 그려져 있었다.

내가 이상하다는 표정을 짓자 본자르가 말했다.

"당신의 예술적인 재능을 한번 보려고 그래요. 예술적 감각이 있는 사람이 리모트 뷰잉을 할 때 더 유리하지요. 리모트 뷰잉의 달인 잉고 스완은 화가였답니다."

나는 리모트 뷰잉과 예술적 감각이 대체 무슨 연관이 있는지 잘 이해되지 않았다. 우선 그가 시키는 대로 할 뿐이었다.

"정말 잘 그리는군요."

그는 내가 그린 불화를 보면서 감탄했다.

생각해 보면 예술은 감성의 세계다. 비단 그림뿐만 아니라 예술은 자신의 느낌을 표현하는 것이다. 아름답다고 느낀 풍경 혹은 육체의 아름다움 등을 화폭에 옮긴다. 때로는 슬픔이나 기쁨 같은 감정을 선이나 색을 사용해서 그림으로 표현한다. 혹은 그 감정을 악기를 사용해 선율로 표현한다.

"리모트 뷰잉은 예술이다"라고 한다면 조금 지나친 말이 될지 모르겠지만, 어쨌든 예술적 감각이 있으면 상당히 유리하다.

그는 예술적 감각이라고 거창하게 말했지만, 이는 나처럼 평범한 사람의 미적 센스 정도다. 그러므로 이 책을 읽는 당신도 분명히 리모트 뷰잉을 능숙하게 해낼 것이다.

### 아이가 어른보다 더 빨리 배운다

나는 일본에서 내 강좌를 듣는 학생들뿐만 아니라 내 아이나 강좌에 참석한 사람들의 아이들에게도 리모트 뷰잉을 가르쳐본 경험이 있다. 그때 깨달은 사실이 하나 있다.

확실히 아이들이 어른들보다 더 빨리 배운다는 사실이다. 아이들은 뒤집어놓은 카드 무늬를 알아맞히거나 작은 인형이 숨겨진 장소를 정말 잘 알아맞힌다.

인간의 뇌는 우뇌와 좌뇌로 구분되며, 우뇌는 언어중추와 예술적 감각을 담당한다. 불현듯 떠오르는 아이디어 같은 직감은 바로 이 우뇌의 작용으로 생겨난다. 그리고 좌뇌는 계산이나 분석, 논리적 사고를 담당한다. 얼마 안 되는 정보를 바탕으로 해답을 이끌어내는 것이 바로 좌뇌의 특기다.

눈치 빠른 사람은 이쯤에서 알아차렸겠지만, 그림이나 노래를 좋아하는 사람, 그리고 아이들에게 뛰어난 리모트 뷰어Remote Viewer가 많다는 사실을 통해 리모트 뷰잉이 우뇌를 사용하는 작업이라는 것을 추측할 수 있다. 인간의 뇌는 여섯 살 때까지는 우뇌가 좌뇌보다 우위를 점하지만, 그 이후에는 좌뇌가 우뇌보다 더 발달한다고 한다.

좌뇌가 우위를 점하는 일곱 살 전후는 아이들이 초등학교에 진학하는 시기와 일치한다. 어른의 세계로 발을 들여놓는 것과 동시에 좌뇌가 발달되어 우뇌의 작용을 억제하는 것이다. 그 일곱 살 전후라는 나이는 투시의 향상 속도가 떨어지기 시작하는 연령과 일치한다.

## 우뇌에도 오감이 있다

눈으로 본 것, 코로 맡은 냄새 등 자신의 육체를 통해 감각을 느끼는 오감은 좌뇌에 존재한다. 하지만 우뇌에도 오감이 존재하는 것으로 추측된다. 그것은 실제로 육체의 감각기관을 통하지 않고 느끼는 감각, 이를테면 머릿속으로만 느끼는 오감으로 시간이나 공간에 제약을 받지 않고 느낄 수 있는 것들이다.

그런데 일설에 따르면 우리 주위에는 모든 정보가 떠돌며 섞여 있다고 한다. 저 우주 어딘가 혹은 어떤 한 장소에 과거와 미래를 모두 포함한 모든 정보의 기억인 '아카식 레코드Akashic Record'라는 것이 있으며, 그 정보는 전부 파동의 형태로 존재한다는 것이다.

물질이나 의식도 같은 성질의 파동을 가지고 있고, 모든 사물은 그 파동으로 서로 이어져 있다는 사실도 이미 알려진 바다. 나는 아카식 레코드가 어떤 식으로 존재하는지 잘 모른다. 다만 전파처럼 눈에는 보이지 않지만 어떤 특정한 형태로 존재하며, 인간은 그 정보를 감지하는 능력이 있다. 이것은 터무니없는 이야기가 아니라 충분히 가능성 있는 이야기라고 나는 생각한다.

위대한 작곡가로 위업을 달성한 천재 모차르트는 "내가 만든 것은 아무것도 없다. 머릿속에서 문득 음악이 흘러나와 그것을 음표로 옮겨 적었을 뿐"이라고 종종 이야기했다. 『이상한 나라의 앨리스』를 쓴 루이스 캐롤도 마찬가지다. 언제인가 마이클 잭슨도 그와 비슷한 말을 한 적이 있다. 또한 아인슈타인은 명상을 통해 직감을 연마하면 발명이나 발견을 하는 데도 힌트를 얻을 수 있다는 말을 한 적이 있다.

추측에 불과하지만, 어쩌면 천재는 우주에 존재하는 멋진 아이디어나 최고의 걸작을 우뇌를 통해 감지하고 그것을 좌뇌로 옮겨서 구체화시킬 만큼 우뇌와 좌뇌가 균형 있게 발달된 사람을 가리키는지도 모른다.

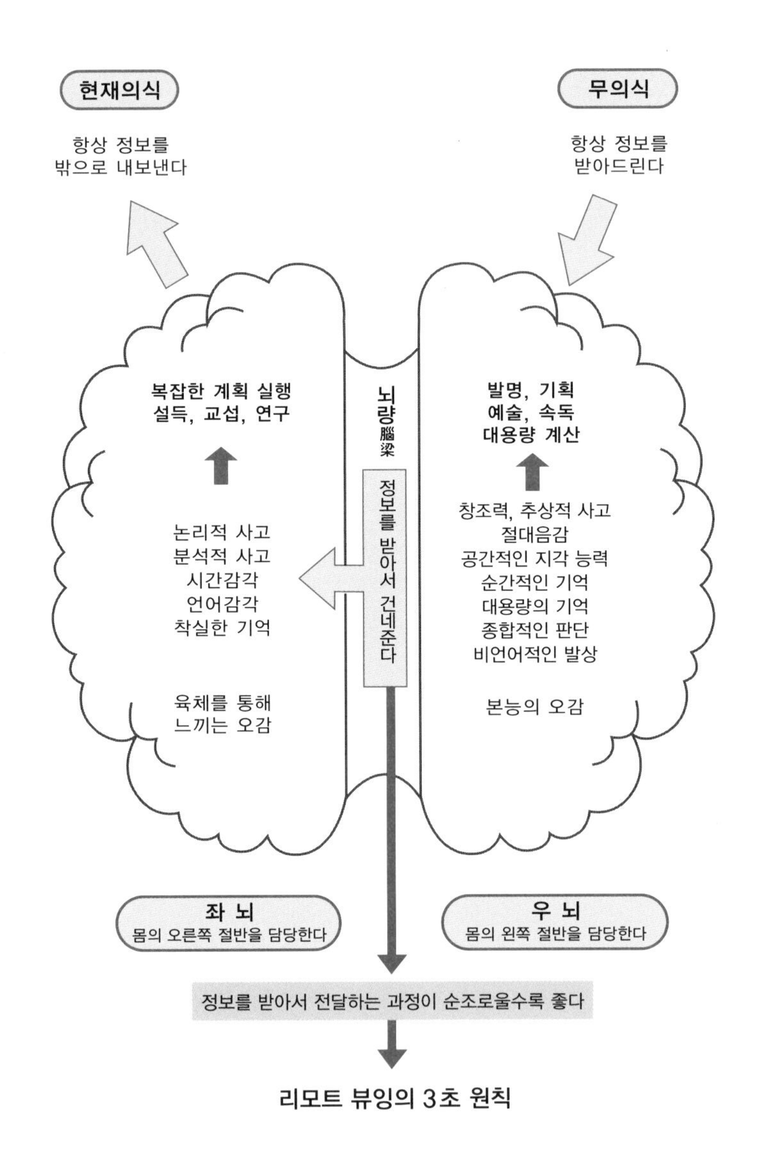
현재의식
항상 정보를
밖으로 내보낸다
무의식
항상 정보를
받아드린다
복잡한 계획 실행
설득, 교섭, 연구
논리적 사고
분석적 사고
시간감각
언어감각
착실한 기억
육체를 통해
느끼는 오감
뇌량腦梁
정보를 받아서 건네준다
발명, 기획
예술, 속독
대용량 계산
창조력, 추상적 사고
절대음감
공간적인 지각 능력
순간적인 기억
대용량의 기억
종합적인 판단
비언어적인 발상
본능의 오감
좌 뇌
몸의 오른쪽 절반을 담당한다
우 뇌
몸의 왼쪽 절반을 담당한다
정보를 받아서 전달하는 과정이 순조로울수록 좋다
리모트 뷰잉의 3초 원칙

좌뇌와 우뇌의 역할

### 정보를 받아들이는 센서를 항상 ON 상태로 두는 방법

태어날 때는 누구나 우뇌를 사용할 수 있는 능력을 가지고 있다. 우뇌는 육체로 감지할 수 없는 정보를 척척 감지해 낸다. 그와 달리 좌뇌는 육체를 통해 얻은 정보를 바탕으로 무엇인가를 만들어 낸다. 인간은 자신을 방어하려고 항상 무엇인가를 생각하는 본능이 있다고 한다. 적은 양의 정보를 이용해 자신이 처한 상황에서 늘 위험에 대비하려는 본능이 있는 것이다.

'사고思考'라는 행위는 앞으로 일어날지도 모를 위험을 예측하고, 그것을 피하는 데 필요한 것이지만 직감을 받아들일 때는 오히려 방해가 된다.

좌뇌가 항상 여러 가지를 생각해 내기 때문에 모처럼 우뇌에서 유익한 정보를 포착해도 좌뇌가 만들어낸 잡음으로 상쇄된다. 따라서 우뇌의 정보를 좌뇌로 옮겨놓는 작업이 쉽지 않다. 그 작업을 쉽게 하려면 좌뇌의 사고를 정지시키고 우뇌로 흘러들어온 정보를 좌뇌가 받아들이기 쉽도록 만들어야 한다.

뇌가 위에서 말한 것과 같은 상태로 바뀌었을 때, 예를 들어 기분전환으로 산책을 하거나 샤워를 해서 머릿속이 텅 비었을 때, 바로 그때 좋은 생각이 머릿속에 떠오른다. 어떤 힌트나 정보를 얻고 싶을 때 분석이나 논리적인 사고가 특기인 좌뇌에게 문제나 고민 그리고 까다로운 일 등을 곰곰이 생각하도록 시키면, 모처럼 귀중한 정보가 자신을 찾아와도 그것을 알아차리지 못하고 그냥 흘려보내게 된다. 문제는 좋은 정보가 찾아오기를 가만히 기다리고 있어도 얼마 지나지 않아 곧 좌뇌가 무엇인가를 생각하기 시작한다는 점이다. 머리를 무의 상태로 만드는 명상이 어려운 것은 바로 그 때문이다.

아마 대부분의 사람들이 그런 상황에 처할 것이다. 리모트 뷰잉은 그런 사람들에게 해결책을 제시해 준다.

실제로 훈련을 시작했을 때 오감을 표현하는 단어가 술술 머릿속에 떠오르는 것은 우뇌에서 포착된 정보가 좌뇌의 방해를 받지 않고 '현재의식' 으로 옮겨가기 때문이다. 좌뇌가 훼방을 놓지 않으면 우뇌가 획득한 정보를 유효하게 이용할 수 있다.

그러므로 좌뇌를 침묵하도록 만들어야 한다. 즉 생각을 피할 수 있으면 우뇌에서 얻은 정보를 통째로 좌뇌에 옮겨놓을 수 있는 것이다.

드문 경우지만, 어른이 된 후에도 우뇌에서 좌뇌의 이동 과정을 자연스럽게 유지하는 사람들이 있다. 우리는 흔히 그런 사람들을 초능력자라고 부른다.

하지만 보통 사람들은 의도적으로 생각을 하지 않도록 만들어줘야만 투시가 가능하다. 그 사고 행위를 배제하려고 고안한 것이 3초 내에 적어놓는 방법이다.

다시말해 리모트 뷰잉은 우리의 복잡한 이성에 대치하는 기술이라 볼 수 있다.

### 수재는 직감이 둔하다?

인간의 뇌는 결코 쉬지 않는다. 언제 어느 때든 쉬지 않고 끊임없이 무엇인가를 생각한다. 바쁠 때도, 긴장을 풀고서 쉬고 있을 때도, 기뻐하거나 슬픔에 빠져 있을 때도, 심지어 리모트 뷰잉을 할 때조차도 우리의 뇌는 무엇인가를 생각하고 있다. 이는 인간의 뇌 구조상 어쩔 수 없는 현상이다.

하지만 생각하는 행위, 즉 좌뇌가 활동하는 상태는 리모트 뷰잉을 할 때 정보 습득을 어렵게 하는 방해 요인이다. 또한 기재한 데이터가 자신의 좌뇌가 생각해 낸 것인지 아니면 우뇌가 지각한 데이터인지를 구분하는 일은 몹시 힘든 작업이다.

하지만 3초 내에 기재하면 근본적으로 좌뇌의 사고 행위를 배제할 수 있다. 데이터를 3초 내에 기재하는 작업의 당위성을 나는 충분히 이해할 수 있었다. 무엇인가를 곰곰이 생각하는 것을 그다지 좋아하지 않는 나에게 리모트 뷰잉은 안성맞춤인 것 같았다. 머릿속에 제멋대로 떠오르는 단어를 종이에 옮겨 적는 일이라면 그다지 어렵지도 않은 일이다.

우뇌에서 얻은 정보를 좌뇌로 잘 전달해 그 정보 중에서 극히 일부분이라도 현재의식으로 이끌어낸다면, 그것만으로도 유용한 정보를 얻을 수 있다. 그 사실을 모르는 사람에게 그 결과만을 보여주면, 그들은 마치 초능력자를 만난 듯한 얼굴을 할지도 모른다.

머리에서 발끝까지 특별한 구석이라고는 전혀 없는 내가 초능력자처럼 보인다? 그렇게만 된다면 꽤 근사할 것 같다.

리모트 뷰잉은 원래부터 무엇인가를 깊이 생각하지 않는 성향의 사람들에게는 의외로 아주 쉬울지도 모른다. 반대로 무엇이든 곰곰이 생각하는 버릇이 있는 사람이나 논리적인 사고가 몸에 밴, 즉 좌뇌가 발달한 사람들은 머릿속에 무엇인가 떠오르는 것이 있어도 우선 '왜 그렇지?' 하고 생각부터 하는 버릇이 있기 때문에 '이해가 안 된다', '동의할 수 없다' 라고 생각하여 리모트 뷰잉의 요령을 습득하기가 꽤 어려울 수 있다. 다만 우뇌와 좌뇌 모두 동일하게 활용할 수만 있다면 하루아침에 천재로 변모할 수도 있다. 물리학이나 수학의 법칙을 발견할 때 전광석화처럼 머리에 떠오르는 영감은 우뇌가 우리에게 선사하는 선물이다.

## :: 지각 데이터는 주로 오감으로 얻는 정보를 말한다

지각 데이터의 예

**색** | 빨강, 하양, 노랑, 보라, 금빛, 은빛 등

**소재 질감** | 거칠다, 딱딱하다, 돌 같은, 액체, 나무, 부드럽다, 기름기가 있다 축축하다, 푸석푸석하다, 스펀지 같은, 꺼칠꺼칠하다, 미끌미끌하다 등

**냄새** | 달콤하다, 화학적인, 곰팡이 냄새가 난다, 고무 같은 등

**맛** | 맵다, 짜다, 시다 등

**온도** | 뜨겁다, 무덥다, 따뜻하다, 춥다, 뼛속에 스미는 듯한 추위 등

**소리** | 목소리, 조용한, 메아리, 기계 소리, 웃음소리, 환호성 등

디멘션이란 대상물이나 대상물 주위에 있는 색 외의 시각정보를 말한다. 형태, 공간, 움직임, 크기 등의 단어를 적어 넣는다.

디멘션의 예

높다, 넓다, 작다, 무겁다, 회전한다, 느리다, 흩어져 있다. 뾰족하다, 둥글다, 각지다, 비스듬하다, 장방형 등

**AI** | 기쁘다, 즐겁다, 흥미가 있다, 무섭다, 슬프다, 싫다, 화가 난다 등

여기서 일단 펜을 책상 위에 놓는다.

AOL은 세션 중에 머리에 떠오른 이매지네이션으로, 그릇된 정보를 포함할 때가 많으므로 대부분은 부정해야만 한다.

AOL의 예

비행기가 날고 있는 장면이 떠올랐을 때

AOL—비행기

고층 건물의 이미지가 떠올랐을 때

AOL—고층 빌딩

나무가 무성한 장면이 떠올랐을 때

AOL—숲

이매지네이션이 떠올랐을 때, 곧바로 AOL—××라고 반드시 기재한다. 그 후에 반드시 펜을 책상 위에 떨어뜨린다.

잠시 후(이매지네이션의 신호가 끊겼다는 느낌이 들면) 펜을 다시 쥐고 세션을 계속 진행한다.

04

## 직감 훈련 제3단계
# 3초 내에 떠오르는 영감을 잡아라

## 04

**당신이 목표하는 것들을 기록하지 않는다면, 당신은 뿌려지지 않은 씨를 가진 것에 불과하다. 두렵거나 게으름 때문에 목표가 없거나 희미한 목표를 가진 사람은 작은 일도 이룩하기 어렵다.** — 마이클 핸슨

### 커피 한잔의 여유를

"잠깐 쉴까요?"

본자르의 한 마디에 몸에서 힘이 쭉 빠져버렸다. 나도 모르는 사이에 긴장한 모양이다. 본자르가 근처에 있는 카페에 커피를 사러간다면서 나가자, 방에는 나 혼자 있게 되었다. 스트레칭을 하고, 목을 좌우로 움직이면서 긴장되었던 목 근육을 풀어주었다.

방 안을 둘러보았지만, 주위를 끌 만한 것은 없었다. 그 소박한 주위 환경이 리모트 뷰잉을 하기에는 가장 적합한 환경이었다.

말 그대로 집중하기에는 가장 좋은 환경이었다. 그 방은 도로에서 멀리 떨어져 있었기 때문의 차량 소음도 거의 들리지 않았

다. 달랑 하나뿐인 창문에는 세션에 영향을 미치는 강한 햇살을 차단하기 위해 블라인드가 쳐져 있었다.

방에는 나 혼자뿐이었다. 느긋하게 의자에 앉아서 편한 마음으로 벽을 쳐다보고 있자니 졸음이 쏟아졌다. 나는 꾸벅꾸벅 졸기 시작했다.

문이 열리는 소리가 들렸고, 양손에 커피를 든 본자르가 돌아왔다. 내 앞에 커피를 놓으면서 그가 말했다.

"커피 한잔의 여유를."

"고맙습니다. 한잔 마시면 졸음도 달아날 것 같군요. 참, 궁금한 게 있어요."

커피를 홀짝거리면서 그에게 말했다.

"네. 얼마든지요."

"처음에 당신은 어떻게 리모트 뷰잉을 알게 되었나요?"

"어느 날, 차 안에서 라디오를 듣다가 알게 되었어요. 그런 일이 실제로 가능하다면 정말 굉장할 것 같은 기분이 들었죠. 선박 엔지니어였던 나는 그때까지 초능력에는 전혀 흥미가 없었어요. 하지만 군대에서 사용한 기술이라는 말에 신빙성이 있다고 생각했지요. 그 후 어떻게 어떻게 해서 에드 데임즈 밑에서 배우게 되었죠."

"진짜였나요?"

나는 또다시 그때까지 가장 궁금해하던 점을 물어보았다.

"막 배우기 시작했을 때는 잘 깨닫지 못했어요."

"그럼, 어떻게 알았죠?"

"뭐 그냥…… 여러 가지로 조사해 봤죠. 육군의 투시부대 이야기, 그 부대에 소속된 부대원들의 이야기 등등."

그때까지 나는 투시부대에 대해서는 거의 아는 것이 없었다.

본자르는 잠깐 기다리라며 방에서 나갔다. 잠시 후 그는 책 한 권을 들고 돌아왔다.

"한번 읽어보세요. 그러면 리모트 뷰잉의 역사에 대해서 잘 알게 될 겁니다. 리모트 뷰잉에 관심이 있는 사람이라면 꼭 읽어봐야 할 책이죠."

나는 그에게서 책을 건네받고는 쭉 훑어보았다. 영어로 쓰여진 책이어서 모르는 단어가 꽤 많았다. 『리모트 뷰어Remote Viewer』라는 그 책에는 개발이나 작전에 리모트 뷰잉을 실제로 사용한 사람들의 경험담이 담겨 있었다.

## 리모트 뷰잉의 달인들

본자르는 리모트 뷰잉의 연구기관과 달인들을 소개해 주었다.

스탠퍼드 연구소(SRI)는 캘리포니아 주에 있으며, 과학 분야를 연구하려고 세운 두뇌집단이다. 이 연구소에 소속된 물리학자 해리 패소프와 러셀 터그는 영靈능력 연구(텔레파시, 투시, 예지, 염력 등 초심리학의 중심이 되는 연구)에 관여했다. 어째서 물리학자가 초심리학 분야인 영능력을 연구하게 된 걸까? 그것은 영능력 연구가 양자론(분자, 원자, 소립자 등의 역학을 다루는 새로운 역학이론으로, 상대성이론과 통계역학과 함께 현대물리학의 근간을 이룬다)을 연구하는 데 도움이 될지도 모른다는 생각 때문이다. 결국 그 영능력 연구가 리모트 뷰잉으로 발전한 것이다. 그리고 특수한 능력이 있다고 판단된 육군 병사는 그곳에서 원격투시 방법을 학습했다. CIA에서 자금을 제공함으로써 시작된 이 연구는 초능력자인 잉고 스완과 패트릭 프라이스의 협력으로 진행되었다.

에드 데임즈는 스탠퍼드 연구소에서 잉고 스완에게 리모트 뷰잉을 배운 뒤 육군의 리모트 뷰잉팀의 작전훈련 지휘관으로 활동했다. 그 활동이란 국제 테러리스트들의 움직임을 파악하거나, 그 집단의 아지트와 인질이 갇힌 장소를 파헤치고, 소련의 극비 정보를 입수하는 성과를 올리는 것이었다. 그의 성과는 의회와 대통령에게 보고되어 육군공로 메달 두 개와 표창을 받았다.

잉고 스완은 대학을 졸업한 후, 육군에 입대하여 한국에 주둔했다. 제대 후에는 유럽에서 예술 활동을 시작했고, 초심리학 연구소에서 연구 활동을 하기도 했다. 그 후 스탠퍼드 연구소로 자리를 옮겼다. 원격투시 방법의 신뢰성을 높이려면 그때까지 행하던 방법을 개량할 필요가 있다고 느낀 그는 자신의 실제 투시 방법을 오랫동안 연구한 뒤 몇 단계로 구성된 현재 사용되는 원격투시 방법을 완성했다.

정부기관의 지대한 관심 속에서 보통사람을 대상으로 실험해 본 결과, 큰 성과를 얻었기 때문에 정식으로 훈련 프로그램을 짜서 가르치기 시작했다. 잉고 스완팀은 이전과는 달리 특수한 능력이 있는 군인이 아닌 평범한 군인을 파견해 달라고 육군에 요청했다. 그 투시 훈련에 파견된 군인들 중에는 린 브케넌과 에드 데임즈도 있었다.

린 브케넌은 독일어와 러시아 어 실력이 뛰어난 컴퓨터 프로그래머로서, 일본의 미사와三澤 기지와 독일 기지에 주둔한 경력이 있다.

육군 정보보안사령부의 사령관인 스타블바인 소령의 권유로 포트미드에 있는 육군 기지의 원격투시 계획에 참가했는데, 리비아의 카다피 대령의 은거 장소를 찾아내고, 걸프전에서는 사담 후세인의 심리 상태를 투시한 경력이 있다. 그가 리모트 뷰잉을 배웠을 당시의 상황이나 부대의 임무는 그의 저서 『세븐센스 Seven Sense』에 자세히 기술되어 있다.

## 술, 담배, 커피는 투시에 좋지 않다

우리는 커피를 전부 마셨다. 나는 '커피를 마시면서 세션을 진행해도 상관없지 않을까?' 생각했다. 하지만 본자르는 커피를 다

마시기 전까지는 훈련을 시작하려고 하지 않았다. 기본적으로 세션 중에는 아무것도 입에 대서는 안 된다. 특히 자극이 강한 음식을 먹으면 뇌 작용에 방해가 되기 때문이다.

뇌가 활동하는 데 완벽한 환경을 만든다는 것은 불가능하다. 하지만 최소한 뇌가 활동하는 데 방해가 되는 것은 제거해야 한다. 세션이 있기 전날 밤에는 술을 입에 대지 않도록 하는 이유도 바로 이 때문이다.

본자르는 책상 위에 놓여져 있는 종이컵을 가지고 밖으로 나갔다. 그것이 세션에 방해가 될까봐 내 시야에서 제거한 것이다. 그런데 방 안에 감도는 커피 향은 상관이 없는 것일까?

### 대상물 스케치하기

"자, 시작할까요? 드디어 중요한 걸 배울 차례군요. 3단계입니다. 이 단계에서는 스케치를 할 겁니다."

드디어 대상물을 묘사할 차례다. 그것은 초능력자들의 '보는 행위' 와 비슷하다.

'흠, 재미있겠는데.'

"종이를 새로 한 장 꺼내세요."

나는 책상 위에 놓인 복사 용지 묶음 중에서 한 장을 뽑았다.

"맨 위에 'S3(단계 3)' 이라고 쓰세요."

나는 그가 말한 대로 기재했다.

'드디어 투시를 하게 되는군.'

"자, 그럼 스케치를 시작합니다. 이 단계에서는 두 가지 방법으로 스케치를 합니다. 첫째는 종이 위에서 형태를 느끼는 단계입니다."

다시 그의 아리송한 말이 시작되었다.

'형태를 느끼라니……. 도대체 어떻게 하란 말이지? 실제로 뭔가를 느끼란 걸까?'

나는 당혹스러웠다.

"지금 하는 작업은 이데오그램을 그렸을 때와 마찬가지입니다. 몸이 하는 대로 그냥 맡겨두고 스케치를 하는 거죠."

"뭘 스케치하는 거죠?"

"몸이 원하는 걸 스케치하세요."

'무슨 말인지 도무지 이해가 안 돼. 도대체 뭘 그리라는 거야?'

"도대체 뭘 그리는 건지 모르겠어요."

나는 다시 물었다.

"내가 무엇을 그리라고 지시할 수는 없습니다. 당신 몸이 무엇을 그리고 싶어 하는지 나는 알 수 없으니까요."

그의 대답은 내 의문을 풀기에는 여전히 부족했다.

"음. 이렇게 설명하면 좀더 알기 쉬울지도 모르겠군요. 두 살짜리 꼬마에게 종이와 크레파스를 주면 그 아이는 어떻게 반응할까요?"

"아마, 뭔가를 그리겠죠."

"그렇죠. 그럼 어떤 그림을 그릴까요?"

"의미를 제대로 알 수 없는 그림이 아닐까요? 동그라미를 그린다거나 선을 긋는다거나 하겠죠."

"두 살짜리 아이는 뭔가를 생각하면서 그림을 그릴까요?"

"글쎄요. 아마 생각하면서 그리지는 않겠죠."

"그렇죠? 그냥 몸에 맡겨두는 겁니다. 몸이 가는 대로 그냥 그림을 그리는 거죠. 그렇게 한번 스케치를 해보세요."

'잠깐. 가만히 생각해 보니 의외로 재미있을지도 모르겠는데. 아무 생각도 안 하고 그냥 몸이 가는 대로, 저절로 손이 움직이는 대로 그림을 그린다? 영매靈媒나 영능력자에게 영이 옮겨가게 한 후, 질문에 대한 대답을 종이에 적어 넣는 자동서기自動書記는 들어본 적이 있어……. 그럼 '자동묘사'를 한다는 기분으로 한번 해볼까?'

나는 내 생각대로 스케치하는 것이 올바른 방법인지 확신할 수는 없었지만, 해볼 만하다고 생각했다.

처음에는 팔이 움직이지 않았다. 조금 의식적으로 팔을 움직여보았다.

'생각만 하지 않으면 되니까 상관없겠지…….'

### 스케치 완성하기

"스케치는 15초 내에 모두 끝내세요. 다 그린 후에는 2단계에서 얻은 데이터를 스케치로 옮깁니다. 각각의 데이터에 맞는 것을 스케치하는 거죠."

그는 여전히 수수께끼 같은 말을 던졌다.

"데이터를 기재하는 장소는……."

그의 말은 계속되었다.

"예를 들어 '평평한' 이라는 데이터가 있으면 스케치한 아무 곳에다가 '평평한' 이라고 적어놓습니다. '높다' 라는 데이터가 있으면 역시 같은 식으로 '높다' 라고 기재합니다."

'뭘 어떻게 하라는 말이야? 이거 정말…….'

" '빠르다, 열려 있다, 무겁다' 등의 데이터는 어떻게 하나요? 그림으로 그릴 수 없을 것 같은데."

"그렇죠. 그럴 때는 당신이 '빠르다' 라고 느끼는 장소에 '빠르다' 라고 기재하면 됩니다. '열려 있다' 도 당신이 '열려 있다' 라고 느끼는 장소에 기입해 보세요."

'그렇게는 할 수 있을 것 같은데…….'

"이 데이터를 스케치로 옮기는 시간은 15초 내입니다."

"시간에 제한을 두는 건, 역시 뭔가를 생각하지 못하도록 하기 위해선가요?"

"그렇습니다. 시간을 제한하지 않으면 우리의 뇌는 반드시 '여기인가? 아니, 이쪽이야' 하는 식으로 생각을 하게 되거든요."

리모트 뷰잉은 우리가 아무것도 생각하지 않을 것을 요구한다. 순도가 높은 정보를 얻으려면 그것이 핵심이다.

알맞은 스피드, 그것이 바로 생각하지 못하도록 하는 최고의 방법이다. 그것만 엄수한다면 나 역시 당당한 리모트 뷰어다.

그렇게 생각하자, 나도 모르게 입가에 웃음이 번졌다.

:: **스케치**

① 몸에 모든 것을 맡기고 스케치한다.

② 디멘션에서 얻은 데이터를 스케치 안에 기재한다.

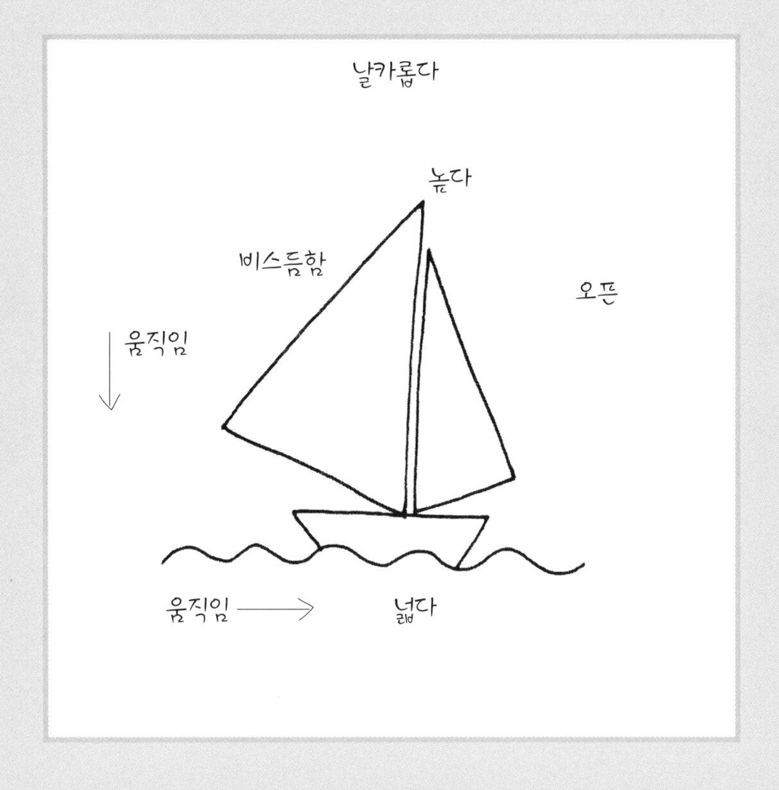

**마침내 해내다**

본자르는 나에게 제시할 대상물 사진을 준비한다면서 옆방으로 자리를 옮겼다. 우리는 지금까지 배운 내용을 바탕으로 실제로 세션을 진행해 보기로 했다.

갑자기 나는 가슴이 두근거리기 시작했다. 투시가 잘 되면 좋겠지만, 실패한다면 크게 실망할 것이 뻔했다.

'아니, 그런 생각은 안 하는 게 좋아.'

나는 애써 그렇게 생각하며 일본에서 가지고 온 단어 목록을 훑어보았다. 본자르는 커다란 갈색 봉투를 들고 돌아왔다.

의자에 앉으며 그가 말했다.

"자, 시작해 볼까요?"

나는 첫 번째 종이에 이름과 날짜를 적고 펜을 놓은 후 크게 심호흡했다. 다소 마음이 진정되었다. 나는 다시 펜을 쥐었다.

"준비는 모두 끝났나요?"

나는 고개를 끄덕였다.

"그럼, 숫자를 읽겠습니다."

그는 봉투에 붙어 있는 접착 메모지에 적힌 숫자를 소리 내어 읽었다.

"3657, 8763."

나는 숫자를 받아 적고 곧바로 이데오그램을 그렸다. 0.3초 내에 그렸다.

'A:' 라고 기재한 후 이데오그램 모션으로 넘어갔다.

'커브를 그리며 위를 향하고, 밑을 향해 나선형, 커브를 그리고 휘어서 물결치며 사라진다.'

이데오그램의 선은 내가 직접 그렸기 때문에 이데오그램 모션은 쉽게 그릴 수 있었다. 나는 펜 끝을 이데오그램에 가져갔다. 'B:' 라고 적은 후 그 옆에 '부드럽다' 라고 적었다. 즉 이데오그램 필링을 기재했다. 나는 '부드러움' 을 몸으로 느낀 것이 아니라 펜 끝을 이데오그램에 가져갔을 때 그냥 '부드럽다' 라고 기재하고 싶었을 뿐이었다. 강사의 생각은 신경 쓸 필요가 없었다.

'이건 내 세션이니까 내 느낌을 바탕으로 내가 결정하면 그뿐이다.'

나는 지각 데이터 단계로 넘어가 우선 색부터 기재했다. 세 단어를 적었을 때 나는 4초를 초과했다. 그때 본자르는 다음으로 넘어가라고 나를 재촉했다.

'소재 질감 : 건조하다, 흙의, 액상 형태의…….'

나는 또다시 머뭇거렸다. 본자르가 툭 책상을 두드렸다. 다음으로 넘어가라는 신호였다.

'냄새 : 달콤하다, 신선하다.'

'맛 : 짜다, 신선하다, 시큼하다.'

'온도 : 춥다, 체온.'

'소리 : 리드미컬하다, 조용한.'

지각 데이터는 모두 완료되었다. 하지만 거기까지가 내 한계였다. 아무리 머리를 굴려봐도 더는 아무것도 나오지 않았다. 나는 곧바로 디멘션으로 넘어갔다.

'둥글다, 거대한, 움직이고 있다, 늦다, 바깥.'

'탁' 하고 다시 책상을 두드리는 소리가 들렸다. 나는 다음 단계로 넘어갈 수밖에 없었다. 내가 의식하지 못하는 사이에 3초가 경과된 모양이었다. 데이터를 더 적어 넣으려고 생각할 때면 이미 제한 시간이 지나 있었다.

'AI—호기심이 있다.'

나는 펜을 가볍게 책상 위에 떨어뜨렸다. AI와 AOL을 한 후에는 펜을 떨어뜨려서 신호를 단절시켜야 한다는 사실을 잊지 않은 것이다.

AI, AOL 둘 다 A로 시작되기 때문에 쉽게 기억할 수 있었다.

드디어 스케치 단계로 넘어갔다. 처음으로 그려보는 스케치였다.

나는 새로운 종이를 꺼내 '3단계' 라고 맨 위에 적어 넣었다.

팔을 종이 위에 올려놓고 무엇이든 느껴보려고 했지만 아무것도 느낄 수 없었다. 느낌이 예리하지도 않고 초능력자도 아닌 나에게는 너무 무리한 요구가 아닐까?

'에이, 모르겠다.'

나는 자포자기한 심정으로 단순한 무늬를 그려 넣었다. 종이 중앙에 커다란 원을 그리고 그 안에 작은 원을 3개 그렸다. 특별한 이유는 없었다. 아무런 논리적인 근거 없이 그냥 그려보기로 마음먹은 것이다.

다음 단계는 디멘션 데이터를 스케치 속에 옮기는 작업이었다.

나는 데이터를 쳐다보면서 그냥 적당히 배치할 수밖에 없었다. 지나치게 안이한 방법이라고 비난해도 어쩔 수 없었다. 내가 할 수 있는 행동은 그것이 전부였다.

동작도 직감도 둔한 나에게는 그것이 최선의 방법이었다. 시간을 조금 지체하자 강사인 본자르가 다시 책상을 두드렸다. 3단계는 다시 지적당하지 않으려고 신속하게 진행했다. 하지만 속으로는 '누구를 위한 세션이지?' 하는 생각이 들었다. 가만히 생각해 보니 강사를 위해서 허둥지둥 데이터를 배치하는 것 같아 나 자신이 한심스럽게 느껴졌다. 이것저것 곰곰이 생각한 후 배치하고 싶었지만 그렇게 하면 세션을 망친다는 사실을 알았다.

'검다' 는 어디에다 놓을까? 그래, 커다란 원 바깥에 놓자. 작은 원에는 '푸르다' 와 '희다' 를 적어놓았다. '건조하다' 와 '흙' 은 작은 원 외의 적당한 곳에 배치했다.

'액체 상태의' 는 도무지 결정하지 못해 그냥 작은 원 근처에 배치했다.

'도무지 뭐가 뭔지 모르겠군.'

남은 데이터는 모두 커다란 원 안에 적당히 적어 넣었다.

'어때요? 30초 내에 모두 끝났죠?'

나는 스케치한 맨 아래에 '종료'라고 기재한 후, 세션 종료를 선언했다.

강사에게 주의를 받지 않으려고 질질 끌려다니며 허겁지겁 진행한 세션이었으므로 내 세션이었다는 느낌은 별로 없었다.

"룰을 위반하지 않고 끝낸 것 같은데요. 3초 이상 지체하지 않았고, 스케치는 30초 내에 했고, 이매지네이션은 떠오르지 않았습니다. 어떤가요?"

"네. 문제없습니다."

'당연히 그렇죠. 당신이 옆에 서서 탁탁 책상을 두드려서 허겁지겁 해치울 수밖에 없었으니까요.'

"이제 대상물을 봅시다."

본자르는 봉투를 내 앞에 꺼내놓았다.

"열어봐요."

나는 이미 체념한 상태여서 주저 없이 봉투를 열었고 잡지에서 오린 사진을 꺼냈다.

"앗!"

나도 모르게 작은 탄성이 나왔다.

본자르는 싱글벙글 웃고 있었다.

"대상물의 요소는 정확하게 파악한 것 같군요."

그가 만족스러운 듯한 목소리로 말했다.

"달……."

"초심자 수준에서는 대상물의 요소를 잘 파악하기만 하면 스케치의 구도가 이리저리 흩어져도 별 상관없지만, 특별히 이번에는 사진 구도가 단순한 대상물을 골라봤습니다."

'자신감을 심어주기 위한 배려였군요. 고맙습니다. 본자르 씨.'

**언제라도 답을 끄집어낸다**

물론 기재한 데이터 전부가 대상물과 일치한 것은 아니었다. 특히 냄새와 맛 데이터는 대상물과 일치하지 않았다.

"잘된 세션이었어요. 훌륭합니다."

그는 나에게 격려의 말을 건넸다.

하지만 나는 그저 기뻐할 수만은 없었다.

"여기 이 데이터는 대상물과 일치하지 않네요."

나는 '냄새' 와 '맛' 을 지적했다.

"달에 가보지 않으면 그건 알 수 없습니다."

'그럼, 몰라도 된다는 소리인가요?'

"세션이 끝나고 어떤 느낌이 들었죠?"

그가 나에게 질문했다.

"결과만 보면 잘된 세션 같다는 느낌이 들었습니다."

나는 '성공적인 세션' 이라고 한 그의 말을 긍정해 버렸다.

"하지만 너무 허겁지겁 서두른 게 아닌가 하는 느낌이 듭니다."

“그 점은 중요합니다. 다시 한 번 말하지만, 생각하지 않으려면 그 방법이 가장 좋으니까요.”

‘하긴 그럴지도 모르지. 대상물을 떠올리고 색이나 소재 질감 등의 데이터를 뽑아낸다면 그건 보통 사람이 아니라 초능력자겠지.’

나는 머릿속에 떠오른 것을 토해내듯 밖으로 끄집어냈다. 데이터뿐만 아니라 스케치에서 데이터를 배치할 때도 ‘여기쯤이면 되겠지, 아니 저기에 놓을까?’ 하는 식으로 대충 얼버무렸다. 즉 모두 직감으로 결정한 것이다.

“머릿속에 떠오른 단어를 기재하는 방법은 알겠습니다. 불쑥불쑥 떠오른 게 있었으니까요. 하지만 그 데이터를 스케치로 옮길 때는 어디에 옮겨야 할지 도무지 모르겠더군요.”

“그다지 주저하는 것처럼 보이지는 않던데요.”

“시간 내에 기입하려고 그냥 대충 해치워버렸어요. 이 데이터는 여기, 저 데이터는 저기 하는 식으로 말이죠. 직감으로 그냥 적당히 배치했거든요.”

“직감으로 결정했으면 아무 문제없습니다. 재빨리 결정할수록 뇌가 활성화되거든요.”

“하지만 정확하게 투시하지 않으면 아무 의미도 없지 않습니까?”

나는 불만을 표시했다.

“한꺼번에 모든 걸 원하지 말 것.”

그는 나에게 주의를 주었다.

"리모트 뷰잉은 기술입니다. 연습을 거듭하면 실력이 쌓이죠. 또한 세션 중에 직감으로 재빨리 결정하는 행위는 두뇌를 활성화시켜 직감을 예리하게 단련시켜 줍니다. 즉 리모트 뷰잉 연습, 그 자체가 직감을 예리하게 만드는 훈련입니다."

"직감이 예리해진다?"

"네. 그렇습니다. 직감이 예리해지면 리모트 뷰잉 결과도 당연히 정확해지는 겁니다."

"아, 정말 그렇겠군요."

그의 설명은 설득력 있게 들렸다.

"리모트 뷰잉의 훌륭한 점은 언제 찾아올지 모르는 직감이 번뜩이기를 기다리지 않고, 스스로 정보를 찾아나선다는 점입니다. 수동적이지 않은 능동적인 방법이죠."

### 정보는 무선으로 전송된다

선천적으로 제6감이 있는 초능력자가 아닌 보통 사람들이 그것을 계발하기란 지극히 어렵다. 제6감을 계발하려고 굳게 결심한 후 검증되지 않은 책을 읽거나 자아계발과 관련된 교실에 다녀봐도 결국 도중에 포기하는 일이 다반사다.

하지만 누구에게나 오감은 있다. 따라서 이 오감을 종합해 잘 활용하면 제6감의 영역인 직감을 연마할 수 있다.

우리에게 육체가 없다고 가정해 보자. 그냥 가정이니까, 지나친 거부감을 느끼지 않았으면 한다.

육체가 없는 또 다른 내가 어떤 장소로 날아간다고 생각해 보자.

예를 들어 지구 반대편에 있는 사막지대로 날아간다고 가정해 보자.

당신은 두리번거리며 주위를 살피다가 흥미 있는 것을 발견하고 관찰하기 시작할 것이다. 우선 색이 눈에 들어온다. 그리고 그 물체의 정체를 파악하려고 손을 뻗어 그것을 만져본다. 당신은 손의 감각을 통해 표면의 딱딱함과 온도를 파악한다. 물체에 가까이 다가가면 독특한 냄새가 난다. 거기서 호기심으로 물체를 두드려보면 둔탁한 소리가 들린다. 그 물체를 이동시키려고 들어보니 가벼워서 간단히 운반할 수 있을 것 같다.

현실 속의 내가 아닌, 또 다른 내가 그곳에 서서 눈으로 상황을 살펴보고 있다.

실제로 보이지는 않지만 육체가 없는 또 다른 내가 어떤 행동을 취하고 있다. 육체가 없는 또 다른 나는 물체의 정보를 무선으로 전송해 주는 존재다. 시간이 없으므로 깨달은 정보를 곧바로 우리에게 전송한다.

그런데 그 정보는 속사포처럼 빠르다. 그래서 우리는 그 정보를 잘 받아들이지 못한다.

현재의 자신은 가상의 또 다른 자신이 보내오는 희미한 목소리에서 그 정보가 어떤 정보인지를 어렴풋이 깨닫는다. '색의 정보를 전송해 주었구나' 하는 식으로 생각하며 '색의 아이디어(단어)' 를 기재한다.

보통 사람은 이와 같은 방식으로 정보를 기재한다.

현재의 내 머릿속에서 '색의 아이디어' 가 쏙쏙 떠올라 색에 대한 감각도 단련된다. 그때 당신의 생각을 더해서는 안 된다. 생각을 집어넣으면 상상을 시작하여 가상의 사실과 어긋나는 세계를 만들어내기 때문이다.

그러면 정확한 정보를 얻지 못한다. 따라서 재빨리 기입해야 한다. 머릿속에 떠오르는 것이 누락되지 않도록 최대한 꼼꼼하게 기입한다. 그러면 나중에 세션을 되돌아보며 분석할 때 세션 중의 상황을 좀더 잘 떠올릴 수 있다.

보통 사람의 우뇌와 좌뇌는 가늘고 보잘것없는 회선 같은 것으로 연결되어 있어 한 번에 대량으로 정보를 보낼 수 없다. 반면 초능력자의 우뇌와 좌뇌는 고성능 카메라폰처럼 한번에 대량으로 정보를 송·수신할지도 모른다.

하지만 보통 사람과 초능력자의 시각, 청각, 촉각, 미각, 후각은 동일하다. 그러므로 보통 사람도 오감과 관련된 아이디어를 재빨리 떠올리면 우뇌와 좌뇌의 정보가 한번에 대량으로 이동하도록 훈련시킬 수 있다.

또한 이것은 직감을 단련시키는 요령이다.

### 투시하는 뇌와 생각하는 뇌는 다르다

나는 새로운 대상물을 투시했다.

번호를 받아 적고 재빨리 이데오그램을 그려 넣은 후 이데오그램 모션과 이데오그램 필링을 기재했다. 그 다음에 지각 데이터로 넘어갔다. 모든 단계가 각각 3초 내에 진행되었다. 여기까지는 모두 제대로 해냈다. 단지 스케치를 할 때 데이터가 많아 옮기는 데 시간을 조금 초과했다. 하지만 생각하지는 않았기 때문에 문제될 것은 없었다. 최종 단계에서 '종료'라고 쓰고 세션을 끝마쳤다.

"스케치를 끝마쳤을 때 대상물이 무엇일까를 생각했나요?"

"네. 생각했습니다. 역시 신경이 쓰이는군요."

"스케치한 그림으로 대상물을 묘사해 보세요."

나는 스케치한 그림을 바탕으로 대상물을 상상해 보았다.

"대상물이 단순하다면 스케치를 보고 상상할 수 있지만, 복잡하다면 어려울 것 같군요."

"그렇죠. 그래서 스케치를 모두 끝내고 '종료'라고 쓴 후에는 잠시 동안 휴식을 취해야 합니다."

"왜요?"

"두뇌를 전환시키기 위해서입니다."

"두뇌를 전환시킨다?"

'조금 전에는 곧바로 대상물을 보여줘 놓고는…….'

"네. 지금까지의 지식모드에서 사고모드로 두뇌를 전환시키기 위한 시간이죠. '종료' 라고 기재하면 뇌는 작업 장소를 바꾸는 것으로 인식합니다. 시간 간격을 좀 두면 머릿속에서 혼란이 일어나는 것을 피할 수 있습니다. '자, 지금부터는 생각해도 돼요' 라고 뇌에게 알려주는 거죠."

"뇌에 알려준다?"

"이제부터 우리가 뭘 할 것인지를 뇌에 알려주는 일은 두뇌 작용에 대단히 유효한 방법입니다."

'그렇구나. 지금까지는 생각해 보지 않았지만, 우뇌는 직감을 담당하고 좌뇌는 분석을 담당하니까 그러는 게 이치에 맞는구나.'

손가락으로 펜을 돌리며 스케치를 바라보고 있자니, 조금 전 빼먹고 기재하지 않은 것이 생각났다. 스케치한 종이에 그것을 적어 넣으려는 순간.

"잠깐!"

본자르가 내 행동을 저지했다.

"뭘 하는 겁니까?"

"깜빡 잊고 기재하지 않은 게 있어서 적어 넣으려고……."

"안 됩니다. '종료' 라고 써넣으면 세션은 그걸로 끝난 겁니다. 세션을 끝낸 후에는 아무것도 기재하면 안 됩니다. 덧붙여 기재하는 행위는 해당 세션을 위험에 빠뜨리거나 망쳐버릴 가능성이 있습니다."

'그렇게 거창하게 생각하지 않아도 될 텐데. 조금 더 기재한다고 뭐가 어떻게 되는 것도 아니고…….'

"알겠습니다."

나는 마지못해 그의 말에 따랐다.

"세션 중에 머릿속에 떠오른 단어는 그 자리에서 전부 적어 넣으십시오. 당신에게 중요한 의미가 있는 정보를 간과하지 않기 위해서도 꼭 그렇게 해야 합니다. 이번에 깜빡한 건 중요한 데이터일지도 모릅니다. 하지만 다시 기재하면 세션 중에 번번이 '나중에 다시 적어 넣으면 되니까' 하고 안이하게 생각하는 나쁜 습관이 생깁니다. 그럼 세션 중에 집중력도 떨어집니다."

그는 정중하게 설명해 주었다.

쓸데없는 짓을 하려다가 새로운 사실을 또 하나 배운 셈이었다. 어쨌든 나는 강사인 그의 지도에 순순히 따르기로 마음먹었다.

**대상물을 분석하는 방법**

사실 두뇌 작용을 전환하기 위한 휴식 시간에도 나는 '대상물이 무엇일까' 하고 생각했다. 데이터를 참고로 대상물을 생각한 것이 아니라 본자르의 태도를 보면서 대상물을 상상했다.

전에는 곧바로 대상물의 사진을 보여주었지만 이번에는 사진을 보여주기 전에 휴식 시간을 두었다. 왜일까? 내가 기재한 데이터가 대상물에서 벗어나 있거나 대상물이 복잡하기 때문일까? 무엇인가 이유가 있었을 것이다.

'세션을 종료하기 직전에 머리에 떠오른 대상물인 '보트' 가 아닐까? 맞아, 분명해.'

머릿속에서는 여러 가지 대상물이 떠올랐다가 사라졌다.

"계속할까요?"

나는 자세를 바로잡았다.

"당신은 밖에 있습니까? 안에 있습니까?"

본자르가 내게 물었다. 나는 어떻게 대답해야 할지를 몰랐다. 데이터를 봐도 밖과 안의 데이터는 없었다. 나는 고개를 갸우뚱거렸다.

"안쪽인가? 바깥쪽인가? 아니면 양쪽 다인가?"

"바깥입니다."

드러난 데이터는 없었지만 그냥 어림잡아서 대답했다.

"좋습니다. 그럼 다음으로 넘어가죠. 타깃 사이트(대상물의 외관)는 자연물입니까, 인공물입니까? 혹은 그 모두입니까?"

질문이 점점 더 모호해졌다.

"데이터를 보고 생각해 보세요."

그가 말했다.

'색' 데이터부터 다시 살펴보았다. 나의 두뇌는 눈에 보이는 데이터를 조합해서 무엇인가를 만들어내려고 했다. 지금까지 해온 세션 중의 두뇌 활동과는 다른 두뇌 활동이 느껴졌다.

"이번에는 차근차근 생각하셔도 됩니다."

본자르는 차분하게 기다려주었다. 나의 두뇌는 '인공물' 이라고 나에게 답을 제시했다.

"인공물인 것 같군요."

나는 자신이 없었다.

"대상물이 어떤 건지 한번 묘사해 보세요."

"건물입니다."

"아니, 대상물이 무엇인지 딱 꼬집어서 대답하지 말고, 대상물의 특징을 묘사해 보세요."

"알겠습니다."

나는 데이터를 다시 한 번 살펴보았다.

"커다란 물건이고 금속 재질입니다. 그리고 천천히 움직입니다."

"좋습니다. 자, 그럼 봉투 안을 한번 볼까요?"

나는 봉투에서 대상물 사진을 꺼냈다. '대형 여객선' 이었다.

**이데오그램의 의미**

방금 끝난 세션을 바라보고 있자니 의문이 하나 생겼다. 1단계에서 이데오그램을 그린 후 이데오그램 모션을 기재했지만 그는 아무 말도 하지 않았다. 이 데이터는 분석에 사용하지 않는 것일까?

나는 1단계 결과를 본자르에게 내밀었다.

"여기에 기재한 데이터는 사용하지 않나요?"

"사용합니다. 하지만 곧바로 가르쳐주고 싶지는 않았습니다."

'가르쳐주고 싶지 않았다니, 도대체 무슨 말이지? 난 비싼 수업료를 내고 이곳 미국까지 왔단 말야!'

그런 생각이 들면서도 가르쳐주고 싶지 않았다는 그의 말이 더욱 궁금해졌다. 그는 화이트보드 앞으로 가서 그 앞에 섰다.

"이데오그램에 익숙해지면 이데오그램을 완성한 순간에 타깃 사이트가 어떤 것인지 어느 정도 파악할 수 있습니다."

"잉고 스완은 이데오그램을 반복해서 그리던 중에 선에 의미가 있다는 사실을 깨달았습니다. 이데오그램이 타깃 사이트의 상황을 표현한다는 사실을 안 거죠. 그걸 게슈탈트(gestalt, 공통된 느낌)라고 합니다. 이데오그램은 타깃 사이트에 명확히 드러난 게슈탈트를 표출합니다. 지금은 믿어지지 않을지도 모르지만 계속 몇십 번, 몇백 번씩 세션을 거듭하면 내가 말한 내용을 이해할 수 있을 겁니다."

그의 말에는 자신감이 가득했다.

"선에 의미가 있다는 말씀인가요?"

"설명해 드리죠."

그는 왼쪽에서 오른쪽으로 선을 그었다.

"이 선을 예로 들어봅시다. 단순히 옆으로 그어진 선은 육지를 표현할 때가 많습니다."

'옆으로 그어진 선이 육지라니. 너무 지나치게 단순한 거 아냐?'

"이것은 물을 표현하는 이데오그램입니다."

본자르는 화이트보드에 파도치듯 곡선을 그렸다.

"이 선이 포함되어 있으면 물과 관련된 게슈탈트를 의미할 때가 많습니다."

"물과 연관이 있다?"

"예를 들면 하천이나 바다, 호수 따위가 있겠죠."

나는 노트를 꺼냈다.

"이 이데오그램은 물을 나타냅니다."

그는 산을 그리듯이 양끝이 밑으로 처진 선을 그렸다. 나는 너무나 단순한 그의 설명을 쉽게 믿을 수 없었다.

'정말 그 선들이 타깃 사이트를 나타내는 걸까?'

산을 선으로 그려놓고 "이것이 산을 의미합니다"라고 누구라도 알 수 있는 사실을 뭐 대단한 것이라도 되는 듯 이야기하면 듣는 사람은 정말로 그렇게 생각하잖아…….'

"마지막으로 한 개 더 있습니다."

그는 직각을 포함한 이데오그램을 네 개 그렸다.

"자연계에는 직각인 물체가 거의 존재하지 않습니다. 때문에 직각이 포함된 건 인조물이라고 봐도 큰 무리가 없습니다."

의식하지 않고는 선을 직각으로 그릴 수 없다. 실제 세션 중에 직각을 포함한 이데오그램을 그리기도 하는 걸까?

"실제로 직각이 포함된 이데오그램을 그릴 수 있습니까?"

본자르는 고개를 끄덕였다.

"리모트 뷰잉에 익숙해지면, 즉 직감이 예리한 사람에게는 가능합니다. 물론 그렇지 않은 사람도 어느 정도는 가능합니다."

그의 말은 모호하게 들렸다.

"숙련되면 자신의 버릇 같은 행동을 알게 됩니다. 예를 들어 대상물이 살아 있는 물체라면 나선을 위로 향해 그리는 경향이 있습니다."

"그렇게 될 때까지는 상당히 많은 훈련을 거쳐야 되겠죠?"

"일부러 노력할 필요는 없습니다. 그것보다 더 중요한 게 있거든요."

본자르는 그렇게 말하며 나에게 다시 주의를 환기시켰다.

"지금 말한 이데오그램의 의미를 처음부터 알게 되면……."

그는 잠시 말을 멈추고 화이트보드에 이데오그램 네 개를 순서대로 가리켰다.

"마음을 빼앗겨버리는 일이 종종 발생합니다."

"무슨 말이죠?"

그의 말이 쉽게 와닿지 않았다.

"예를 들어 이런 이데오그램을 그린다고 했을 때……."

그는 직각을 포함한 이데오그램을 가리켰다.

"당신은 그걸 보고 대상물이 건물일 거라고 결정해 버립니다. 건축물이라고 단정하면 남은 세션은 건축물에 관한 데이터만으로 구성될 우려가 있습니다. 대상물이 건축물이 아닐 가능성은 남아 있습니다. 자신의 주관으로 결정해서는 안 됩니다."

"AOL과 마찬가지군요."

"맞습니다. 쓸데없는 영향을 받을 우려가 있죠. 그걸 피하고 싶어서 나중에 가르쳐주려 했던 겁니다."

이미 늦었다. 나는 알아버렸다. 내 머릿속에 또렷하게 각인되어버렸다. 그런데도 그는 "괜찮습니다. 이데오그램에 마음을 빼앗기지 않도록 합시다"라며 지금까지와는 상반된 말을 했다.

나는 간신히 이데오그램이 형태에 따라 의미가 다르다는 사실을 배웠고, 이것만 알면 초능력자까지는 아니더라도 그에 버금가는 능력을 얻는 것이라고 생각했다. 하지만 그것은 큰 착각이었다.

'이 이데오그램 네 개를 '의도적으로' 그리지 않도록 조심해야지' 하는 어리석은 생각까지 했다. 중요한 것은 이데오그램을 보고 대상물이 무엇인지를 예상해서는 안 된다는 점이다. 따라서 세션 중에는 대상물에 대해서 아무 생각도 하지 않는 편이 가장 좋다. 대상물이 무엇인지는 세션이 모두 끝난 후, 데이터를 모은 후에 차분히 생각해서 결정하면 된다.

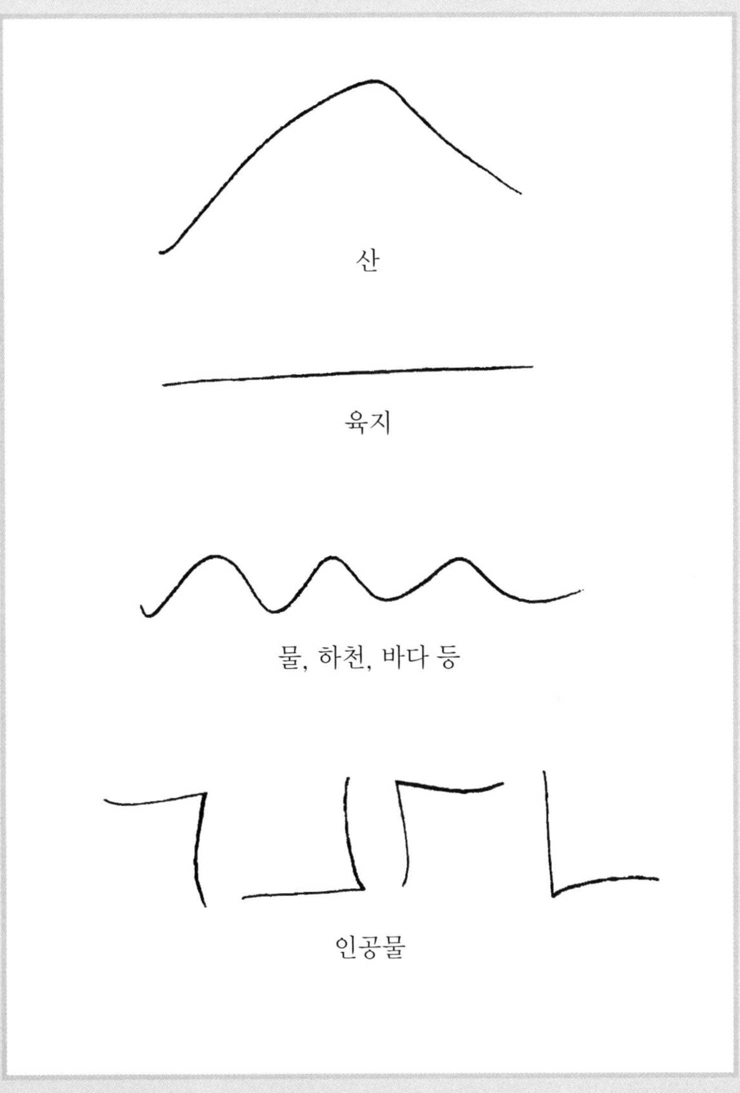


이데오그램의 의미

**혹시 속고 있는 것이 아닐까**

휴식을 취한 후 다음 대상물에 대한 세션에 들어갔다. 강사인 본자르는 가까운 곳에 앉아서 내 세션을 지켜보았다. 너무 빤히 쳐다보았기 때문에 신경이 쓰였다. 드디어 세션 도중에 그가 말을 꺼냈다.

"그 외에 소재 질감은 없나요? 소리는요? 횡선은 뭐죠? 사선은 그 정도 길이면 될까요?"

그가 질문을 던질 때마다 나는 당황해서 어쩔 줄을 몰랐다. 안절부절못하며 주저하는 것은 생각하는 행위다. 생각하면 안 된다고 귀에 못이 박히도록 들었다. 그래서 나는 저항할 틈도 없이 그가 새로운 질문을 할 때마다 떠오른 사항을 첨가해서 기재해 버렸다. 그의 지도가 능숙한 걸까? 아니면 쓸데없는 보살핌에 지나지 않는 것일까? 나는 세션이 끝나고 대상물을 봤다.

섬에 있는 화산이 폭발하는 장면을 찍은 사진이었다. 내가 그린 스케치는 전체적으로 위의 절반은 울퉁불퉁한 채 불분명한 모양이었고, 아래 절반은 커다란 삼각형과 비스듬한 선이었다. 스케치한 구도는 사진과 몹시 닮았다.

"잘했습니다."

나는 강사의 칭찬을 듣고 기뻤다.

점심을 먹은 후, 다시 세션을 계속 진행했다. 본자르는 때때로 질문을 했지만 그다지 신경 쓰이지는 않았다.

다시 좋은 결과가 나왔다. 평범한 나에게는 과분한 결과였다.

'혹시 나에게 재능이 있는 것이 아닐까?' 하는 생각마저 들 정도였다. 하지만 잠시 후 그것은 불안으로 바뀌었다.

대상물은 항상 강사가 고른다. 그러므로 당연히 그는 해당 세션의 대상물이 무엇인지 알고 있다. 혹시 지금까지 내 스스로 한 것이 아니라 대상물의 형태를 맞출 수 있도록 강사가 나를 교묘하게 조종한 것은 아니었을까? 갑자기 나는 강사인 본자르가 나를 속이고 있을지도 모른다는 생각이 들었다.

나는 그의 얼굴을 유심히 살펴보았다. 하지만 그는 얼굴색 하나 바뀌지 않았다. 만족스러운 표정이었다. 그 표정이 무엇을 의미하는지 나는 알 수 없었다.

머릿속에서는 의문이 꼬리를 물며 점점 커져갔다. 본자르는 내가 그를 의심한다는 사실을 전혀 눈치 채지 못하는 듯했다.

**역시 진실인가?**

그는 옆방으로 가서 새로운 대상물을 가지고 나타났다.

"시작합시다. 이번에는 대상물의 숫자를 소리 내어 읽고 나는 옆방으로 가겠습니다. 세션이 모두 끝나면 부르러 오십시오."

"예? 혼자서 하란 말인가요?"

나는 한방 먹은 기분이었다. 지금까지는 강사인 그가 옆에 앉아서 색이나 소재 질감에 대해서 누락된 기재 사항을 섬세하게 기입하라고 지시해 주었다. 그런데 갑자기 나 혼자서 세션을 하라고 요구한 것이다. 그는 내가 동요하는 것과는 상관없이, "그럼 숫자를 읽겠습니다" 하면서 세션을 진행시켰다. 나는 허겁지겁 숫자를 받아 적고 이데오그램을 그렸다.

이데오그램 모션 단계로 들어갔을 때 본자르는 조용히 방에서 나갔다. 강사가 사라지자 이번에는 조금 전과는 전혀 다른 불안감이 엄습해 왔다. 지금까지는 그럭저럭 좋은 결과가 나왔지만, 지금 이렇게 혼자 투시하여 바람직하지 않은 결과가 나온다면 분명 크게 실망할 것이다. 머릿속에서는 의심과 불안이 교차되었다. 만약 결과가 좋지 않으면 나는 지금까지의 결과는 강사인 본자르가 조작한 것이라고 확신할 것이며, 리모트 뷰잉이 단순한 속임수에 지나지 않다고 생각할 게 뻔했다.

그러한 사태가 발생하지 않도록 나는 간절히 기원했다.

세션을 하는 중에 불안은 점점 더 커져갔다. 최악의 심리상태였다. 나는 불안을 떨쳐버릴 수가 없었다.

'이렇게 된 이상 스스로 확인해 볼 수밖에 없어.'

나는 꼭 대상물을 맞추고 싶었다.

'꼭 맞출 거야.'

나는 긴장감과 함께 상당한 부담감을 느꼈다. 부정적인 생각을 떨쳐 버리고 세션에 집중해야만 했다. 나는 초조해지기 시작했다.

'기분전환을 해야겠는데…….'

3초 내에 데이터를 기재하는 규칙은 잘 알고 있었지만 부정적인 생각을 떨쳐버리려 하니 오히려 규칙을 어기게 되었다.

'침착해.'

머릿속으로 그 말을 되풀이하며 심호흡으로 마음을 진정시키려고 애썼다. 또 '부정적인 생각은 사라졌다' 고 반복해서 나 자신에게 속삭였다. 그 방법이 꽤 잘 듣는다는 사실을 나는 경험으로 알고 있었다.

나는 자신에게 이야기를 들려줌으로써 지금 하고 싶은 것이 무엇인지를 뇌가 알도록 만들어준 후 다시 세션으로 돌아왔다. 불과 30초 정도의 짧은 순간이었다. 아무것도 생각하지 않고 오직 머릿속에 떠오르는 어떤 것들을 찾아서 기재해 나갔다.

세션이 모두 끝났다. 하지만 도무지 자신이 없었다. '간신히 세션을 끝냈다' 는 정도의 느낌이었다. 세션이 종료되었음을 그에게 알리려고 옆방으로 갔다.

본자르는 다음 강좌를 준비하는 듯했다.

"곧 가겠습니다."

그가 말했다. 방으로 되돌아온 나는 그를 기다렸다. 그는 대상물이 든 봉투를 들고 다시 방으로 들어왔다.

"이것이 대상물입니다."

나는 그가 내민 봉투를 손에 쥐었다. 머릿속에서는 '아마 빗나갔겠지' 하는 부정적인 생각이 떠나지 않았다. 본자르의 얼굴을 힐끗 쳐다보았다. 그는 무표정한 얼굴로 이번 세션의 결과를 살펴보고 있었다.

'역시 빗나간 걸까? 아마 그럴 거야.'

"열어보세요."

그가 나를 재촉했다.

나는 머뭇거리며 봉투를 열었다. 영화라면 이 장면에서 보기 좋게 대상물을 알아맞히는 극적인 반전이 일어나겠지만 현실은 그렇지가 않았다. 나는 어떻게 판단해야 좋을지 몰랐다. 롤러코스터와 거기에 타고 있는 사람들 사진이었다. 내가 기재한 정보 중에도 '생명체, 큰 소리, 공포, 고속, 높다' 같은 데이터는 보기 좋게 들어맞았지만, 스케치한 구도는 전혀 들어맞지 않았다.

'정확히 맞춰서 계속 리모트 뷰잉에 대한 환상을 머릿속에 품는 것보다는 차라리 잘된 일인지도 몰라.'

"잘했습니다."

강사는 나를 칭찬해 주었다.

'또 비행기 태우는 거겠지. 그 수법에는 안 넘어갑니다.'

나는 의외로 냉철하게 현실을 파악했다. '강사가 세션을 조종하는 게 아닐까?' 하는 의심은 여전히 남아 있었지만, 본자르에 대한 의심은 어느 정도 사라졌다.

**리모트 뷰잉에 자신감이 붙다**

"다음 세션으로 넘어가기 전에 조금 쉴까요?"

"아니요. 괜찮습니다."

나는 반쯤 체념한 상태에서 대답했다.

나는 그가 불러준 숫자를 받아 적은 후 재빨리 이데오그램을 그렸다. 본자르는 또다시 조용히 방에서 나갔다.

나는 좀전의 세션과는 달리 침착함을 유지할 수 있었다. 일종의 체념이었다. 꼭 맞춰야 한다는 부담감이 없었기 때문에 담담하게 투시를 할 수 있었다. 세션을 모두 끝내고 본자르를 다시 불러왔다. 그는 내 세션의 결과를 책상 위에 펼쳐놓고 자세히 살펴보았다. 나는 그를 의식하지 않고 봉투에서 이번 세션의 대상물인 사진을 꺼냈다.

나는 마른침을 삼켰다.

넓은 초원에서 풀을 뜯는 양떼 사진으로 내가 스케치한 것과 정확히 일치했다.

'어떻게 이런 일이 일어났지.'

나는 놀랐다. 본자르는 그런 내 모습을 즐기는 듯 보였다.

"해냈군요. 대단한데요."

그의 얼굴에 웃음이 번졌다.

"해, 해냈다!"

나는 기쁨을 감출 수 없었다. 불러준 숫자를 받아 적었을 뿐인

데 대상물을 멋지게 알아맞혔다. 상식적으로는 도저히 있을 수 없는 일이었다.

'숫자만으로…… 숫자만으로……' 라는 생각이 머릿속을 빙빙 맴돌았다. 숫자만 듣고 투시한다는 말을 도저히 믿지 못한 내가 그것을 해낸 것이다. 속임수는 전혀 없었다. 하지만 어떻게 그런 일이 가능했던 것일까?

"놀랐나요?"

그는 내 머릿속을 들여다보는 듯했다.

"지금 체험한 것이 바로 리모트 뷰잉입니다."

나는 놀랐다. 내가 투시를 사용한 것이다. 그렇다면 리모트 뷰잉은 정말로 누구나 사용할 수 있는 기술이 아닌가!

"하나 더 해볼까요?"

"좋습니다."

이제 나는 리모트 뷰잉을 더욱 확신했다.

'리모트 뷰잉은 진짜야.'

내가 그렇게 생각하는 동안 본자르는 숫자를 소리 내어 읽었다. 그리고 다시 방에서 나갔다. 나는 한껏 들뜬 기분으로 세션을 시작했다. 아무런 의심 없이 세션을 진행하며 리드미컬하게 페이스를 유지하면서 데이터를 짜 맞추었다. 그리고 다시 세션이 종료되었다. 불안감이 약간 남아 있었지만 기대감은 점점 커져 갔다. 본자르가 가지고 온 봉투에서 대상물 사진을 꺼냈다.

한껏 긴장된 순간이었다.

'비슷해! 이번에도 비슷해!'

로마의 원형경기장, 즉 콜로세움 사진이었다. 정말 놀라운 일이었다. 심장 고동이 빨라지기 시작했다. 리모트 뷰잉에 대한 확신이 더욱 견고해졌다. 나 자신에 대한 것인지 리모트 뷰잉에 대한 것인지 잘 알 수 없었지만, 어쨌든 자신감이 붙었다.

### 리모트 뷰잉에 재미를 느끼다

대상물을 맞추기 시작하자 갑자기 리모트 뷰잉이 재미있어졌다. 물론 완벽하게 투시하지는 못했지만 아무런 사전 정보도 없이 대상물을 비슷하게 맞춘다는 사실에 충분히 만족했다.

나는 내게 출제된 대상물을 휴식 시간도 없이 계속 투시했다. 그런데 반복하여 투시했기 때문일까? 갑자기 연속해서 대상물로부터 투시가 빗나갔다. 인정하고 싶지 않아서 다시 한 번 해봤지만 아무 소용없었다. 대상물을 못 맞추게 되자 피곤이 쌓였다.

"너무 오랫동안 쉬지 않고 한 것 같군요. 쉬도록 합시다."

본자르는 내게 휴식을 권했다.

"밖에 나가서 바깥 바람을 좀 쐬고 오는 게 좋을 것 같군요."

"휴식 시간은 얼마나?"

"원하는 만큼 쉬세요. 나는 옆방에 있을 테니까, 언제라도 부르러 오세요. 그때 다시 세션을 시작하겠습니다."

나는 건물 바깥으로 나왔다. 캘리포니아의 강렬한 태양 아래서 비버리힐스의 아기자기하고 아름다운 주택가를 혼자서 산책했다. 개성이 강한 집들과 손질이 잘된 정원을 둘러보며 느긋하게 바람을 쐬면서 아무 생각도 하지 않고 산책을 즐겼다.

한 블록을 둘러보는 데 20분 정도가 소요되었다. 산책하는 동안 충분히 기분전환이 되었다.

"다음 세션을 할 준비가 됐습니다."

되돌아온 후, 나는 곧바로 본자르에게 갔다.

"좋습니다. 그럼 시작하도록 하죠."

우리는 곧바로 세션을 시작했다. 지금까지와 다른 점은 없었다. 담담하게 진행하고 세션을 종료했다. 결과를 대상물과 비교해 보니 대체로 일치했다. 피곤이 쌓이기 전의 결과로 다시 되돌아왔다. 컨디션이 좋을 때는 직감이 더 잘 작용하는 것일까? 결과가 좋을 때가 많았다.

수확이 큰 하루였다. 리모트 뷰잉을 대체로 확신했고, 기분전환을 하면 다시 컨디션이 회복된다는 사실도 경험했다.

머릿속에 불쑥 떠오른 것을 기재한다. 몸에 모든 것을 맡기고 스케치한다. 직감으로 모든 것을 결정하면서 나아간다. 의식적으로 결정한 것이 아닌데도 리모트 뷰잉은 보이지 않는 대상물을 향해 나를 인도한다. 결과가 그 모든 것을 이야기해 주었다. 직감이 작용함을 스스로 느낄 수 있다. 계속 이런 식으로 나간다면 직감이 꽤 예리해질 것이다.

리모트 뷰잉은 직감을 연마하는 데 가장 적합한 방법 가운데 하나다. 나는 본격적으로 리모트 뷰잉을 배워보고 싶다는 생각이 들었다.

"어렴풋이 희망이 보이기 시작한 것 같아. 비싼 수업료를 지불하고 배우러 온 보람이 있었어. 내 판단은 옳았어. 직감을 예리하게 만들어주는 리모트 뷰잉에게 건배!"

# 05

## 사랑, 돈, 미래가 보인다

## 05

**가장 큰 시간 손실은 뒤로 미루는 일과 기다리는 일이다. 흔히 우리는 현재를 놓고 우연히 작용하는 미래를 기다린다. 불확실한 것을 얻기 위해 확실한 것을 포기하고 있는 셈이다.**

— 무명씨

### 미래를 볼 수 있다

미래에 일어날 모든 일을 예측할 수 있다면 얼마나 좋을까? 누구나 그런 꿈을 한번쯤은 꿔보았을 것이다. 우리는 미래를 예측하려고 여러 가지 것에 의존한다. 초능력자나 점쟁이를 찾아가거나 과거 기록이나 넘쳐나는 데이터로 미래를 예측하기도 한다. 하지만 아무리 애를 써도 완벽하게 미래를 예측할 수는 없다. 아마 앞으로도 불가능할 것이다.

하지만 미래 예측을 위한 힌트만이라도 얻는다면 큰 도움이 될 것이다. 리모트 뷰잉을 미래 예측에 사용할 수는 없을까? 원격투시가 가능하다면 미래를 투시하는 것도 가능하지 않을까?

한때 미 육군의 투시부대는 군사기지에 대한 정보를 얻으려고 원격투시를 사용했다. 그리고 구축함에 대한 미사일 공격을 예측하거나 폭격기로 공중 폭격을 한 후에 그 성과가 어떻게 될지를 예측한 일도 있었다. 바로 미래 투시를 행한 것이다. 그때 사용한 기술이 바로 리모트 뷰잉이다. 그렇다면 나도 어느 정도는 미래를 투시할 수 있지 않을까? 적어도 미래에 일어날 일에 대한 힌트 정도는 얻을 수 있지 않을까? 그 정도라도 가능하다면 나는 대만족이다.

그날 밤 나는 그런 생각을 하다가 잠이 들었다. 그리고 다음 날은 까닭 없이 미래 투시에 대한 벅찬 기대감으로 가슴이 설레었다. 그래서 그 들뜬 마음 때문에 세션에 집중할 수 없을 것 같았다. 세션이 시작되기 전에 나는 본자르에게 아침 인사도 하는 둥 마는 둥하며 지난밤에 생각한 것에 관해 물어보았다. 그는 빙긋 미소를 짓더니 대답했다.

"리모트 뷰잉을 시작하면 누구나 똑같은 생각을 하죠."

'역시 나만 그런 생각을 하는 게 아니군.'

"리모트 뷰잉을 이용해서 미래를 투시할 수 있나요?"

나는 단도직입적으로 물었다.

본자르는 고개를 끄덕였다.

"가능합니다."

'만세! 할 수 있다. 미래를 예측할 수 있어!'

한순간 주위가 장밋빛으로 바뀌었다. 나는 뛸 듯이 기뻤다. 나는 앞으로 있을 수업에 대한 기대감으로 가득 찼다. 역시 미국까지 온 보람이 있었다.

'내 미래는 밝다. 다양한 가능성이 내 앞에 펼쳐질 거야.'

나는 나의 미래를 떠올렸다. 그리고 내 예상대로 맞아 들어갈 거라는 생각에 웃음을 머금었다.

**라스베이거스에서는 무용지물**

미래 투시가 가능하다는 사실을 알게 된 후, 나는 머릿속으로 라스베이거스 카지노에서 룰렛용 칩을 잔뜩 쌓아놓고 만족해하는 내 모습을 떠올렸다. 충분히 실현 가능한 일이었다. 숫자를 투시한다면 룰렛으로 어마어마한 돈을 모을 수 있을 것이었다. 나는 너무 좋아서 들뜬 목소리로 그에게 말했다.

"도박에도 사용할 수 있겠군요."

"그건 좀 어렵습니다."

자신감이 결여된 대답이었다.

"예? 어렵다고요? 조금 전까지도 미래를 투시할 수 있다고 말하지 않았습니까?"

"그렇죠. 미래를 투시하는 행위는 가능합니다."

"그런데 왜 숫자는 투시할 수 없다는 거죠? 앞뒤가 안 맞잖아요?"

나는 그에게 따졌다.

"리모트 뷰잉은 미래에 일어날 일을 투시하는 데 적합합니다."

"일어날 일이라니 무슨 말이죠? 도무지 이해가 안 되는군요"

나는 정말 이해가 되지 않았다.

"리모트 뷰잉은 '달콤하다' 는 후각이나 미각, '꺼칠꺼칠하다' 는 촉각, '붉다, 노랗다' 등의 시각, '까악까악' 하는 소리 등의 청각, 이 오감의 아이디어를 바탕으로 데이터를 기재합니다. 맞나요?"

그는 나의 동의를 구했다.

"네, 맞습니다."

"예를 들어 자동차 추돌사고가 일어났다고 합시다. 그건 커다란 사건이겠죠?"

"예, 사건입니다."

"일어난 사건에는 여러 요소가 포함되어 있습니다. 추돌사고의 예를 들어봅시다. 현장에는 자동차 색, 도로 색, 사람들이 입고 있는 옷 색 등 다양한 색 정보가 포함되어 있습니다. 소재 질감은 차의 금속, 타이어의 고무, 도로의 콘크리트 등 얼마든지 있습니다. 냄새에 대한 정보는 가솔린 등이 있지요. 온도의 아이디어도 '뜨겁다' 혹은 '사람의 체온' 등 여러 가지 요소가 존재합니다. 소리도 충돌할 때의 커다란 충돌음이 있죠. 방금 예를 든 것과 같이 오감의 아이디어는 얼마든지 있습니다."

"듣고 보니 정말 많군요."

"사건에서 발생한 파동과 신호가 강하다고 할 수 있겠죠. 그래서 사건에는 오감을 통해 얻을 수 있는 정보가 얼마든지 있습니다. 하지만 숫자는 그렇지 않아요."

"없다는 말인가요?"

"숫자에서 나오는 신호는 극히 미약합니다."

나는 전혀 이해가 되지 않았다.

"좀더 자세히 듣고 싶습니다."

"숫자 그 자체는 색도 없으며, 소재 질감도 없습니다. 냄새도 맛도 온도도 없습니다."

돈다발을 손에 넣겠다는 내 꿈이 산산이 깨지는 소리가 들렸다.

"그래서 숫자 그 자체를 투시하는 일은 거의 불가능에 가깝습니다."

나는 라스베이거스에서 한몫 잡으려는 생각을 접었다. 억울하기는 했지만 그의 말을 이해할 수 있었다.

"지금까지 성공한 사람은 없었나요?"

나는 지푸라기라도 잡는 심정으로 끈질기게 매달렸다.

"적어도 내 주위에는 없습니다."

본자르는 고개를 흔들었다.

"가능한 일이었다면 나부터 했겠죠."

'그렇겠지, 숫자를 투시할 수 있다면 그가 이런 곳에서 리모트

뷰잉을 가르치고 있을 리 없지. 너무 쉽게 생각했어.'

결국 숫자를 투시하는 일은 불가능함이 판명되었다. 도박으로 한 밑천 단단히 챙기려고 한 꿈은 물거품이 되었다. 실망스러운 표정을 짓지 않으려고 애썼지만 본자르는 내가 무슨 생각을 하는지 이미 읽은 듯 보였다.

**숫자를 투시하는 방법**

"숫자를 투시하는 일이 어렵다는 사실을 이제 깨달았나요?"

"네, 알 것 같습니다."

'이제 그 얘기는 그만하세요.'

나는 원격투시를 좀더 정확하게 하기 위해 노력하기로 마음먹었다. 어제는 대상물 사진을 꽤 많이 맞추었으니까 좀더 솜씨를 갈고 닦으면 확실히 리모트 뷰잉은 나에게 도움이 되리라고 확신했다.

나는 마음을 가다듬고, 오늘 있을 세션에 집중하기로 결심했다.

"쉽지는 않지만……."

본자르는 다시 숫자 이야기를 꺼냈다.

나는 다시 한 번 고개를 끄덕였다.

'네. 알았으니까, 숫자 얘기는 이제 그만 하시죠.'

"직접 숫자를 투시하는 일은 불가능하지만, 간접적으로는 숫자를 투시할 수 있습니다."

"네? 숫자를 투시할 수 있다고요?"

'지금 막 불가능하다고 말해 놓고는 다시 가능하다니……. 도대체 뭐가 어떻게 된 거지?'

"조금 전 설명했듯이 숫자를 직접 투시하는 건 불가능합니다. 하지만 숫자를 다른 어떤 것에 연관시켜서 투시할 수는 있습니다."

"네?"

나는 머릿속이 혼란스러웠다.

"당신에게 이런 이야기를 하기는 조금 이른 감이 있는 것 같군요"

본자르는 어떻게 해야 좋을지 고민하는 듯했다.

"알고 싶습니다. 그 방법을 가르쳐주세요."

"좋습니다. 이해가 안 되는 부분이 있을지도 모르지만, 어쨌든 가르쳐 드리지요. 0에서 9까지 전부 열 개의 숫자를 준비합니다. 그리고 숫자와 동일하게 대상물 사진도 열 개 준비합니다. 그 다음에 사진에 숫자를 각각 한 개씩 나누어서 기재합니다. 첫째 사진에 0, 다음 사진에 1, 그 다음 사진은 2…… 하는 식으로 말이죠. 당연히 투시하는 사람이 사진에 어떤 숫자가 붙어 있는지 알 수 없도록 다른 사람에게 그 작업을 시켜야겠죠? 그렇게 하면 대상물 사진이 숫자와 연관됩니다. 여기까지 알겠습니까?"

"예."

나는 일단 그렇게 대답했다.

"이 방법으로 숫자를 직접 투시하지 않고 간접적으로 대상물 사진을 투시하면 됩니다. 리모트 뷰잉을 한 후, 그 결과를 바탕으로 사진을 분석합니다. 그러면 그 사진에 붙어 있는 숫자가 투시 결과의 숫자가 되는 겁니다."

"예?"

나는 그의 말이 머리에 잘 들어오지 않았다.

"구체적으로 설명하는 게 좋을 것 같군요. 예를 들어봅시다. 사과 사진이 0, 산 사진이 2라고 했을 때, 당신은 어떤 사진에 무슨 숫자가 적혀 있는지 전혀 모르는 상태에서 리모트 뷰잉을 하게 됩니다. 그리고 그 분석 결과 산이라는 결론이 나오면 투시한 숫자는 2가 되는 겁니다."

"아, 그렇군요. 무슨 말인지 알 것 같네요."

"이 방법을 결합적 리모트 뷰잉Associative Remote Viewing이라고 합니다. 직접 투시할 수 없는 대상물을 파동이 강한 물체에 연관지어서 투시할 수 있도록 한 방법이죠."

"그런 일도 가능하군요."

아직은 완전히 이해할 수는 없었지만, 우선은 숫자를 투시할 수도 있다는 말에 나는 다시 희망이 생겼다.

"어디에 사용할지는 스스로 생각해 보는 게 좋을 겁니다."

"네, 잘 알겠습니다."

리모트 뷰잉에 대한 나의 호기심은 점점 더 커져갔다.

**로또도 맞출 수 있다**

나는 그에게 결합적 리모트 뷰잉을 이용하는 방법에는 어떤 것이 있는지 물어보았다.

"예를 들면 어디에 사용할 수 있죠?"

"캘리포니아에는 빅3라는 로또가 있습니다. 세 자리 숫자를 맞추는 로또죠. 거기에도 사용할 수 있습니다."

나는 적극적으로 계속 물어보았다.

"어떻게 사용합니까?"

"세 자리 숫자의 각 자릿수의 숫자를 따로따로 투시하면 됩니다. 다만 따로따로 열 장씩인 대상물 사진 가운데서 리모트 뷰잉으로 한 장을 골라 숫자를 결정하기 때문에 어느 사진에 가장 가까운지를 결정하는 일은 몹시 어렵습니다. 리모트 뷰잉에 익숙하지 않은 상태에서는 정확한 판단을 내리는 일이 무리일 겁니다."

"잘 맞습니까?"

나는 단도직입적으로 물어보았다.

"어렵죠. 10분의 1 정도 확률이니까요."

그는 고개를 가로저었다.

"다른 방법은 없나요?"

"있습니다."

"어떤 방법이죠?"

"음, 그건 가르쳐드릴 수 없습니다."

"왜죠?"

"스스로 생각해서 각자 자신만의 방법을 만들어내는 거니까요."

"자신만의 방법?"

"네. 열 사람이 있으면, 열 개의 다른 리모트 뷰잉이 있다고 말할 수 있습니다."

"리모트 뷰잉을 응용하는 방법은 스스로 생각하라는 말이군요?"

이제 막 배우기 시작한 나는 경험이 전혀 없었으므로 어떻게 응용하면 좋을지 전혀 감이 잡히지 않았다.

"나도 빅3에 도전했습니다. 동료를 모아서 계속 시행착오를 거치며 우리만의 방법을 확립했죠."

나는 그 방법을 알고 싶었다.

"맞췄나요?"

"네, 맞췄습니다."

"굉장하군요. 빅3를 맞추다니……. 그래서 돈을 걸고 했나요?"

"아니 돈을 걸지는 않았습니다. 걸 수 없었다고 하는 편이 더 정확하겠군요."

"예? 왜 걸지 않았죠?"

숫자를 맞출 수 있는 방법을 고안하고도 왜 돈을 걸지 않았는지 잘 이해가 가지 않았다.

"내 친구들은 미국 전역에 흩어져 있습니다. 다른 주에 사는 사람은 캘리포니아의 빅3를 살 수 없으므로 불공평하다(미국의 복권 대부분은 주별로 운영하고 있다. 따라서 복권을 사려면 해당 주까지 가야만 한다. 다른 사람이 대신 사러 가면 되지 않느냐고 물어보았지만, 복권을 건네주는 일이 너무 번거로워서 도중에 그만두었다고 한다)는 생각이 들었습니다. 그래서 로또 사는 일을 그만뒀죠. 하지만 우리가 고안해 낸 시스템으로 숫자를 맞췄다는 사실에 대해서는 자부심을 지니게 되었습니다. 그리고 지금은 다른 걸 생각하고 있습니다."

"그게 뭐죠?"

본자르는 빙긋 웃었다.

"죄송하지만, 가르쳐드릴 수 없군요. 동료들에게 미안하니까요."

'스스로 생각해내라는 말이군.'

**내일자 신문 머리기사 사진을 투시한다**

나는 숫자를 이용해서 투시하는 일이 미래를 예측하는 행위임을 이해할 수 있었다. 그런데 미래 예측을 위한 세션을 시행하면 도중에 점점 흥분할 것이다.

좀더 쉽게 미래 예측을 하기 위한 훈련 방법은 없는 것일까?

"어제는 많은 양의 대상물 사진을 투시하셨죠? 같은 방법으로 미래의 사진을 대상물로 삼아 투시하면 됩니다."

본자르는 미래를 예측하는 훈련 방법을 설명해 주었다.

'미래의 사진? 무슨 말이지?'

"좋은 방법을 가르쳐드리죠."

'내가 듣고 싶은 말이 바로 그겁니다.'

"예를 들어 내일 조간신문에 실려 있는 머리기사의 가장 커다란 사진을 투시할 대상물로 해보면 어떨까요?"

'아, 그런 방법이 있었구나. 그렇게 하면 미래의 사진을 대상물로 삼는 셈이 될 테니까.'

'그런 식이라면 나도 생각해낼 수 있겠는데.'

"다음 주에 발간될 『뉴스위크』지의 표지를 투시해 보면 어떨까요?"

"괜찮군요. 좋은 방법입니다."

그 외에도 미래의 사진을 대상물로 삼는 방법은 얼마든지 있을 것이다.

이 훈련을 계속하다 보면 미래를 예측할 수도 있을 것 같은 느낌이 들었다. 거의 체념하였던 나의 미래에 새로운 길이 펼쳐지는 것이다.

### 자신의 미래는 투시하기 어렵다

"사진 외의 것을 대상물로 삼을 수도 있습니까? 저, 그러니까 다양한 물체에 리모트 뷰잉을 사용할 수는 없나요?"

사람들은 무엇인가를 배울 때 그것이 자신에게 도움이 되기를 바라는 경향이 있다. 나는 이왕 리모트 뷰잉을 배울 바에는 그것을 내 인생에 적극적으로 활용해 보고 싶었다. 리모트 뷰잉을 이용해 고민을 해결하거나 문제 해결의 실마리를 발견해내고 일에 대한 아이디어를 얻고 싶었다. 또한 앞으로 나의 미래가 어떻게 될지를 스스로 예측하는 등 여러 분야에 사용해 보고 싶었다.

"물론 가능합니다. 다만 그건 실력이 상당한 상급자 수준에서 가능한 얘기지요."

"상급자가 되면 가능하다는 거죠?"

"전에도 얘기했듯이 대상물의 정보를 미리 알면 대상물의 정보가 머릿속에 떠올라 그것에 영향을 받습니다. 잉고 스완이 좌표를 사용하는 방법을 고안해낸 이유는 그 영향을 피하기 위해서입니다. 미리 대상물의 정보를 알려주는 이와 같은 방법을 프론트 로딩Front Loading이라고 합니다. 사람은 너무 많은 정보를 접하면 그것에 정신을 빼앗겨버리는 경향이 있습니다. 예를 들어 놀이공원이 대상물이라고 알려주면 갖가지 놀이기구나 부대시설이 머릿속을 점령해버립니다. 특히 그것이 자신에 관한 것이라면 그런 현상이 더해지죠. 이해할 수 있겠죠?"

나는 고개를 끄덕였다.

새로운 사업의 성공 여부를 투시할 때, 자신이 그 사업에 관여하고 있으면 당연히 성공했으면 좋겠다고 생각할 것이다. 그렇지 않다고 해도 '실패'를 투시하고 싶지는 않을 것이다. 이 시점에서 이미 냉정하게 세션에 들어갈 수 없는 상태가 되어버린다.

자신의 아이가 입학시험을 치렀다고 해보자. 아이의 합격 여부는? 리모트 뷰잉을 할 때 의도적으로 합격이라는 결과를 이끌어낼지도 모른다. 분명 정신 상태에 커다란 영향을 미칠 것이다.

"2, 3년 동안은 프론트 로딩을 하지 않는 편이 좋습니다. 적어도 자신이 영향을 받지 않을 것이라고 확신할 때까지는 말이죠."

"그렇게 되기 전까지는 어떻게 해야 하죠?"

**짝사랑의 고통을 덜어준다**

"이미지에 영향을 받지 않으면서 초심자도 사용할 수 있는 방법에는 어떤 게 있나요?"

도움이 될 만한 방법을 배울 수 있을 것 같았다.

"질문을 분석해서 두 개 중에 하나의 형태를 만들면 쉽게 할 수 있습니다. 즉 양자택일을 해야 할 때, 사용하는 방법이죠. 대상물 사진을 두 장 준비해서 한쪽에는 '예스YES' 라고 적고, 다른 한쪽에는 '노NO' 라고 기재합니다. 본인이 대상물의 정보를 미리 알면 안 되니까, 다른 사람에게 부탁해서 사진 두 장을 준비한 후, '예스'와 '노' 를 결정하도록 합니다."

'그런 방법이라면 나도 충분히 할 수 있을 것 같은데.'

두 개 중에서 하나를 고르는 형식으로 변형시키면 여러 가지 문제에 응용할 수 있다.

그런데 구체적으로 어떤 상황에서 사용할 수 있을까?

누군가에 대한 사랑을 남몰래 품고 있는 여성이라면 '그 사람은 나를 어떻게 생각하고 있을까?' 하는 문제로 고민하게 될 것이다. 직접 좋아하는 사람의 마음을 투시할 때 여자들은 흔히 주관적으로 치우치기 쉬워서, 반드시 그가 자신을 좋아해 주었으면 하고 소망한다. 그럴 때는 누군가에게 종이를 두 장을 준비하도록 부탁한 후, 한쪽에는 '그는 나에게 관심이 있다' 고 적고, 다른 한쪽에는 '그는 나에게 관심이 없다' 고 적은 후 투시를 한다. 정확한 답을 얻을 수 있을 것이다. 일에도 응용할 수 있다. '이 기획은 지지를 얻을 수 있다', '이 기획은 지지를 얻을 수 없다' 라는 식으로 나누어 투시하면 그것으로 만사형통이다.

지금 말한 방법으로 투시를 하면 자신의 개인적인 의견이 반영될 여지가 없으므로 안심하고 사용할 수 있다. 이 방법은 아주 요긴하게 사용될 것이다.

어떤 문제라도 세분화시켜서 양자택일의 형태로 만들어 그것을 여러 번 되풀이하면 최종적으로 필요한 결론을 내릴 수 있다.

어떤 일의 결정을 앞두고 망설일 때 이 방법을 사용하면 좋다. 연애, 자신의 업무 그리고 금전 문제에서.

'금전 문제에 어떻게 응용하라는 말이지?' 하고 궁금해할지도 모르지만, 그 문제에도 리모트 뷰잉을 사용할 수 있다. 양자택일의 형태로 리모트 뷰잉을 이용하면 초심자인 나 역시 충분히 도박 등에 응용할 수 있으니까 말이다.

**이미 라이벌 기업에서 사용하고 있을지 모른다**

리모트 뷰잉은 애초에 군사 정보를 수집하기 위해 개발된 기술이다. 이후 점차 미래를 예측하는 분야에도 사용할 수 있다는 사실이 밝혀졌다. 경비가 삼엄한 군사기지나 연구소에서 기밀정보를 빼내기 위해 만든 기술이기 때문에 민간에서도 충분히 응용할 수 있다.

리모트 뷰잉에 익숙해지면 어떤 식으로 응용하면 좋을지 한번 생각해 보자.

■ 연애 문제에서

- 연적을 향한 그의 마음을 나에게로 돌릴 수 있는 가장 좋은 방법은 무엇일까?
- 연적을 이길 수 있는 가장 좋은 선물은 무엇일까?

■ 직장 문제에서

- 라이벌 기업의 신제품은 무엇인가?
- 상품 개발 경쟁에서 이기기 위한 최상의 방법은 무엇인가?

이 외에도 얼마든지 생각해낼 수 있을 것이다. 하지만 한 가지 마음에 걸리는 것이 있다.

지금까지 나는 경쟁 상대가 있다는 것을 전제로 이야기했다. 상대보다 한 발 앞서 나아가기 위한 방법, 즉 라이벌을 이기기 위한 발상을 이야기했다.

만약 라이벌이 리모트 뷰잉에 대해서 잘 알고 있다면 어떻게 할 것인가?

"기업에서 리모트 뷰잉을 사용하면 상당히 효과적일 것 같은데, 실제는 어떤가요?"

"우리는 기업으로부터도 의뢰를 받습니다. 신제품 개발을 위한 아이디어나 금융거래처와의 교섭 전망 같은 일들이죠."

"라이벌 기업의 신제품 개발 상황을 투시하는 일은 어떤가요?"

나는 단도직입적으로 물어보았다.

"음……."

본자르는 곤란한 표정을 지었다.

"리모트 뷰잉은 그런 상황에서도 사용할 수 있지 않나요?"

"사용할 수 있습니다."

그는 고개를 끄덕였다.

그렇다면 실제로 라이벌을 감시하려는 목적으로도 리모트 뷰잉을 사용한다는 이야기가 아닌가? 본자르 일행은 기업에서 그러한 의뢰를 받는 것이 아닐까?

"예를 들어 기계를 만들어내는 회사로부터 그런 의뢰가 들어와도 나는 엔지니어가 아니기 때문에 리모트 뷰잉으로 얻은 스케치로는 이해할 수 없을 때가 많습니다."

'그렇다면 그 방면의 전문적인 엔지니어가 리모트 뷰잉을 한다면 어떻게 된다는 거지? 이거 장난이 아니잖아. 리모트 뷰잉이 알려지면 곤란하겠는걸. 더군다나 라이벌은 모르는 편이 좋겠군. 연적도 그렇고, 사업상의 라이벌도…….'

## :: 숫자로 투시하는 방법

먼저 대상물 사진을 열 장 준비한다. 단, 본인이 사진 내용을 알면 안 되기 때문에 가족이나 친구 등 다른 사람에게 부탁해야 한다.
사진에 각각 0~9까지의 숫자를 기재한다.
그것으로 준비는 모두 끝났다.
이제 사진을 직접 투시해 보자.

로또의 경우

한번에 여섯 자리를 투시하는 것이 아니라 한 자릿수씩 차례대로 투시한다. 즉 투시를 모두 6회 행한다.
1. 각 세션의 타깃 넘버를 결정한다.
2. 그 번호로 각각 리모트 뷰잉을 시행한다.
각각의 세션 결과를 분석해서 가장 근접한 사진을 선택한다. 그 사진에 기재된 숫자가 투시의 결과로 알게 된 숫자다.

내일자 신문의 헤드라인을 투시하는 경우

이것은 미래 투시, 미래 예측과 연관되어 있다.
세션에서 투시할 타이틀을 정한다. 이것을 '큐잉' 이라고 한다. 이 큐잉에 타깃 넘버를 정한다. 숫자는 적당히 붙이면 된다.
큐(타이틀)도 타깃 넘버도 반드시 각각 다른 종이에 써놓는다.

예를 들면,

12월 12일 ××신문의 제1면 사진이라면 1212/0630으로 표기한다.

이 번호로 이데오그램을 그린다.

그 다음에는 지금까지 배운 그대로 실행한다.

양자택일의 경우

오른쪽인가 왼쪽인가?

할까 포기할까?

좋아할까 싫어할까?

이와 같이 두 개 중에서 하나를 고를 때 유용한 방법이다.

당신이 내용을 알지 못하도록 누군가에게 사진 두 장을 준비하도록 부탁한다. 한 사진에는 'Yes', 다른 사진에는 'No' 라고 기재한다.

질문을 종이에 기입하고 타깃 넘버를 기재한다.

예를 들면,

내일 강연회에 출석해야 하는가를 6744/9863로 기재한다.

이 번호로 이데오그램을 그린다.

그 다음에는 배운 대로 세션을 행한다.

세션의 결과를 보고 사진 두 장 중에 어느 쪽을 투시했는지를 결정한다. 그 사진에 기재된 것이 리모트 뷰잉으로 알게 된 최선의 선택이다.

# 06

## 인생의 성공은 직감이 좌우한다

## 06

**사람은 변화를 싫어하고 두려워하는 잠재의식 때문에 더 발전하지 못한다. 만약, 누군가 당신에게 그 일은 절대 성공한다는 보장을 해준다면, 당신은 서슴지 않고 나설 것이다. 남의 힘을 바라지 말고, 당신의 신념을 믿어라. 굳은 신념이 당신의 새로운 성공을 보장할 것이다.** —노만 V. 필

**혼자서 세션할 때 주의사항**

"타깃 사이트에 접근한 후, 상세한 데이터를 수집하라."

본자르는 화이트보드에 세션의 단계별 절차를 처음부터 상세하게 적었다. 나는 지금까지 배운 것을 복습하면서 노트에 필기했다.

세션을 전부 설명한 그는 다른 의문점이 없냐고 물었다. 나는 세션의 흐름은 이미 충분히 숙지한 상태였다.

곧바로 새로운 대상물로 리모트 뷰잉이 시작되었다. 본자르는 내 옆에서 내가 잘하는지 어떤지를 확인하면서 질문을 던졌다.

"소재 질감은 더 없나요? 디멘션은 그것으로 모두 끝인가요?"

나는 그가 지적한 대로 추가 사항을 기입했다. 강사인 본자르는 대상물이 무엇인지 알기 때문에 정답에 가깝도록 유도하는 것인지도 모른다. 혹은 세션의 흐름을 철저하게 파악할 수 있도록 도와주는 것일 수도 있다. 그러나 그가 의도적으로 나를 정답으로 이끌고 있을지도 모른다는 의심은 이미 풀린 상태였다.

자꾸만 그가 주의사항을 지적하는 것은 나의 실력을 좀더 끌어올리려는 호의라고 해석했다. 의심이 지나치면 술술 풀릴 일도 얽히게 마련이다.

세션을 종료한 후, 늘 하던 대로 대상물 사진을 보고 세션이 어떻게 진행되었는지 체크했다. 사진은 산호초에 둘러싸인 조그마한 무인도였다.

"세션 도중에 질문을 한 이유는, 혼자서 리모트 뷰잉을 할 때 자신에게 스스로 질문을 던져야 할 타이밍을 알려주고 싶었기 때문입니다."

"타이밍?"

"세션 도중 막혔을 때 '색은 더 없는가', '소재 질감은 이것으로 됐는가?' 하는 식으로 자문해 볼 필요가 있습니다. 아니 엄밀히 말하면 그렇게 하는 것이 중요합니다."

'그렇군. 단어가 더 떠오르지 않을 때는 잠시 멈추고 자신에게 질문을 던져야 하는구나.'

나는 그의 말을 이해할 수 있었다.

### ‘인생에서 선택할 수 있는 최선의 길’을 투시하다

휴식 시간 없이 우리는 다음 세션으로 넘어갔다. 본자르는 다시 방에서 나갔다. 혼자서 하라고 말하는 것 같았다. 혼자서 담담한 마음으로 세션을 진행하다 보니 어찌된 일인지 기재한 데이터가 정리되지 않고 여기저기 분산되는 듯했다. 생각하지 말아야 한다는 사실을 알고 있었지만 머릿속에서는 제멋대로 상상이 시작되었다. 그 상상을 떨쳐버리려고 머릿속에 떠오르는 단어에만 온 정신을 집중시켰다. 세션이 모두 끝나고 본자르에게 알렸을 때 그는 항상 그랬듯이 봉투 하나를 손에 들고 방으로 돌아왔다.

“이번 세션은 어땠습니까?”

“솔직히, 지금까지 한 것 중에서 제일 어려웠습니다.”

상당히 복잡한 사진일 거라고 생각했다. 어쩌면 프로 리모트 뷰어가 대상물로 삼는 사진이거나 육군의 투시 부대가 실제로 사용한 대상물인지도 모른다.

“아마 꽤 어려웠을 겁니다.”

그의 얼굴에 웃음이 떠올랐다.

‘너무 수준 높은 대상물은 문제가 있습니다. 대상물 사진과 비교했을 때 실망하면 자신감을 상실해 버릴 테니까요.’

“자, 봉투 안에 있는 사진을 보세요.”

그는 나를 재촉했다. 봉투를 열었지만 안에 사진은 없었다.

‘어떻게 된 거지?’

하지만 안을 자세히 살펴보니 작은 종이 조각이 한 장 들어 있었다. 그것을 꺼냈다.

처음에는 내 이름이, 그 다음에는 '인생에서 선택할 수 있는 최선의 길' 이라고 쓰여져 있었다.

"이게 대상물이었나요?"

나는 대상물이 사진이 아니라는 사실을 알고 한방 먹은 기분이었다.

"어떻게 된 건지 알겠습니까?"

"아니, 전혀 모르겠습니다."

'무엇을 투시하라고 한 것일까? 사진이 없으면 어떻게 세션의 결과를 평가하는 거지?'

"당신의 장래를 투시한 겁니다."

"내 장래?"

'미래 예측을 말하는 건가?'

"장래 무슨 일을 하는 것이 당신에게 가장 적합한지, 이번 세션에서는 그걸 투시한 거죠."

그는 다시 짓궂게 히죽히죽 웃었다.

'와! 내 미래를 투시한다? 그런 일을 감히 내가 할 수 있을까?'

"자, 그럼 어떤 미래를 투시했는지 한번 볼까요?"

그는 막 기재가 끝낸 종이를 책상 위에 펼쳐놓고, 세션의 내용을 검토하기 시작했다.

나는 창피했다. 이번 세션은 나의 미래를 점치는 것이었다. 나에게 미래를 투시하는 힘이 있을 리가 없었다. 별로 인정하고 싶지는 않지만 부정할 수 없는 사실이다.

"액체, 종이의 감각, 검다……. 흠, 어떤 결론을 내렸죠?"

그가 스케치를 유심히 살펴보면서 말했다.

"뭐가 뭔지 모르겠어요. 스케치를 봐도 이미지가 전혀 떠오르지 않았습니다."

아무것도 정해진 것이 없다는 것일까? 아니면 혼란스러운 미래가 기다린다는 것일까? 아마 그 둘 중 하나일 것이다. 나 같은 초심자에게는 너무 부담스러운 대상물이었다.

'왜 이런 벅찬 일을 나에게 시키는 겁니까?' 하고 그에게 말해주고 싶었다.

"지금 출제한 대상물은 리모트 뷰잉을 배우기 시작한 학생들이 반드시 거치는 통과의례입니다."

"누구나 하는 겁니까? 저 같은 학생들이?"

"네. 흥미롭지 않나요?"

"하지만……."

나는 고개를 떨어뜨렸다.

"다른 학생들은 투시에 성공했나요?"

다른 학생들은 투시에 성공했는데 나만 실패했다면 충격이 아닐 수 없었다.

"사람들 대부분은 그랬죠."

'나는 예외인가? 낙오자인가?'

본자르의 말은 계속되었다.

"샌디에이고에 사는 한 여사무원은 '물에 관련된 일' 이라는 결과가 나왔죠. 그녀는 믿지 않고 그냥 웃어넘겼습니다. 자신은 평범한 여사무원이고, 지금의 투시는 완전히 빗나갔다면서 말입니다. 하지만 2년 후, 그녀는 물과 관련된 회사를 설립해서 큰 성공을 거두었습니다."

나는 질투를 느꼈다.

'투시 결과를 바탕으로 성공을 거두다니.'

"이 외에도 비슷한 예가 있습니다. 로브로라는 일흔 살의 노인이 있었습니다. 그는 리모트 뷰잉 훈련을 수료하기 전날에 지금처럼 뜻밖의 대상물로 '인생에서 선택할 수 있는 최선의 길' 에 대한 투시를 했습니다. 그는 세션에서 대형 선박 비슷한 걸 보았죠. 세션이 끝난 후 그에게 대상물이 '자신이 인생에서 선택할 수 있는 최선의 길' 이었다는 사실을 알려주었습니다. 그러자 로브로는 '좀 쉬면서 여객선을 타고 여행을 가고 싶다' 고 말했어요. 하지만 5개월 후 그는 뇌졸중으로 세상을 떠났습니다. 그는 여객선을 타보지 못하고 세상을 끝마친 거죠. 어쩌면 그가 행한 마지막 세션의 의미는 '여객선을 타고 여행을 떠나라' 는 메시지였는지도 모릅니다."

본자르가 이야기한 일화 두 개는 조금은 교훈적이었지만, 나의 마음에 뚜렷이 각인되었다. 나는 그의 이야기를 듣고 무엇인가 나의 미래에 대해 암시하는 것이 없었는지 다시 한 번 집중해서 세션을 꼼꼼히 조사해 보았다.

"이 데이터에는 그다지 특별한 메시지는 없는 것 같은데요."

나는 머릿속으로 조각퍼즐을 맞추듯이 무엇인가를 계속해서 짜 맞추었다.

"그 데이터에서 무엇인가를 끄집어낼 수 있을 겁니다. 차분히 생각해도 되니까, 잘 살펴보세요."

나는 마음이 끌리는 데이터에서 무엇인가 이끌어낼 것이 없는지 검토했다. 다만 억지로 생각해서 잘못된 결론을 내리고 싶지는 않았다.

세션 중에 수확이 전혀 없었기 때문에 나는 '나의 미래는 아직 혼돈 속에 있으며 정해져 있지 않다' 는 결론을 내렸다.

다른 학생들은 자신의 장래를 투시했는데 나는 그럴 수 없었다는 것이 유감스러웠다. 하지만 한편으로는 장래를 결정하지 못한 것이 오히려 잘된 일일지도 모르겠다고 생각했다.

"세션 중 미처 기재하지 못한 사항이 있긴 한데……."

나는 세션을 되돌아보면서 혼잣말로 중얼거렸다.

"기재하지 않은 게 있었나요?"

"머리에 떠오르긴 했지만 너무 희미한 이미지였고, 곧 사라져서 무시해 버렸습니다."

"전에도 말했지만, 아무리 사소한 것이라도 꼭 기재해야 합니다. 명심하세요."

그는 나에게 다시 중요한 사항을 지적해 주었다. 다음부터는 주의를 기울여야겠다고 생각했다.

중요한 데이터를 간과해 버릴 수도 있을 테니까.

"기입하지 않고 넘어간 게 뭐였죠?"

그는 흥미를 느낀 모양이었다.

"책……이요."

나는 들릴까 말까한 작은 소리로 말했다.

"책 읽는 걸 좋아하나요?"

"좋아합니다. 보통 사람보다 꽤 많이 읽는 편이라고 생각합니다."

"좋아하는 책에 둘러싸인 미래일까?"

그렇게 말하며 그는 웃었다.

"그럴지도 모르겠군요."

나 역시 웃음을 지었다.

"책을 쓰게 될 거라고 말하는지도 모르겠군요."

그는 조금은 장난스럽게 말했다.

"그렇게 된다면 좋겠지만, 그건 상상도 못할 일이죠."

나는 웃으면서 그의 말을 부정했다. 책을 쓸 만한 '이야깃거리'가 없는데, 어떻게 책을 쓴단 말인가?

**참사를 예언하다**

신문의 머리기사 사진을 투시할 수 있다는 사실을 배웠다. 정말 대단한 일이다.

생각해 보라. 내일 대지진이 일어난다면, 머릿기사에 대지진에 관한 사진이 실리게 될 것이다. 그것을 투시한다는 일은 천재지변을 예언하는 것과 같다.

미래에 일어날 대사건을 예언할 수도 있다. 하지만 정말 보통 사람이 그런 예언을 할 수 있을까? 보통 사람에게는 한낱 공상에 지나지 않는 게 아닐까?

만에 하나 그런 예언이 보통 사람에게도 가능하다면, 그것은 정말 굉장한 일이다. 하지만 역시 현실적으로는 일어나기 힘든 일이다.

신문의 사진을 투시하는 것은 미래의 시간을 설정하고 있다. 즉 내일이라는 미래를 목표로 한다. 날짜와 시간을 설정하지 않으면 미래에 대한 투시는 불가능할까?

"미래에 일어날 참사를 리모트 뷰잉으로 투시할 수 있을까요?"

나는 그렇게 물어보았다.

"아마 가능할 겁니다."

"가능할 것 같다? 그럼 그런 종류의 투시는 해본 적이 없나요?"

"네. 거의 해본 적이 없습니다. 투시부대에서 한 적이 있다는 얘기를 들은 것 같기는 한데……. 예를 하나 들면, 미 해군의 구축

함이 미사일 공격을 받는 상황에 대해 투시한 적이 있었습니다. 하지만 사람들 대부분은 투시한 내용을 믿지 않았다고 합니다. 어쨌든 그 투시부대는 미래의 투시보다는 현재 멀리 떨어져 있는 곳에 있는 정보를 수집하는 것이 가장 중요한 임무였으니까요."

"적국의 군사정보 수집을 말하는 겁니까?"

"네. 다만 군사작전상, 전쟁의 성과를 투시한 적은 있었다고 합니다."

"우리가 알고 있는 전쟁입니까?"

"레이건 정부가 리비아의 카다피 대령과 대립했을 때, 카다피 대령의 별장을 폭격하라는 투시 결과가 나온 적이 있었습니다. 그래서 지중해에 파견되어 있던 항공모함이 폭격을 감행하였죠."

"폭격 일시는 설정되지 않은 것 같은데요"

"정확히는 모르지만, 나 역시 그렇게 생각합니다."

"미래의 어느 한 시점을 특별히 지정하지 않고 투시를 행한 것이겠군요."

"그렇다고 할 수 있죠."

본자르는 내 말에 동의했다.

"좀 의외라고 생각할지도 모르지만, 내 주변에 있는 사람들 중에서 예언을 하려고 시도한 사람은 없었습니다."

"하지만 불가능하지는 않죠?"

나는 끈질기게 매달렸다.

"그건, 그렇죠. 나와 같은 프로 리모트 뷰어는 지진 등을 예언하기도 합니다. 엄밀하게 따지면 예언이라고 할 수는 없지요. 충분한 훈련만 받는다면 당신도 할 수 있습니다."

"정말입니까?"

나는 흥분하지 않을 수 없었다. 충분한 훈련을 해야만 한다는 전제 조건이 붙어 있지만 나도 예언할 수 있는 기회를 잡은 것이다. 리모트 뷰잉을 통해 예언이 가능하다는 사실을 안 것만으로도 나는 날아갈 듯이 기뻤다.

지금까지 우리는 원격투시나 미래 예측을 하는 일은 초능력자에 국한된 이야기며, 보통 사람과는 전혀 관계없는 일이라고 생각해 왔다. 그런데 스탠퍼드 연구소에서 개발하고 미 육군과 CIA가 사용한 리모트 뷰잉을 알고 난 후, 보통 사람도 원격투시와 미래 예측을 할 수 있다는 사실을 알게 되었다.

이 사실을 아느냐 모르느냐는 하늘과 땅 차이다.

약간의 원격투시와 미래에 대한 투시만 가능하다면 나와 당신의 인생은 한층 더 즐거워질 것이다. 반드시 그렇게 될 것이다.

아직은 초능력과 거리가 있을지도 모르지만 그들의 영역에 조금이나마 가까이 다가갈 수 있다는 사실에 당신은 용기와 자신감을 얻을 것이다. 지금까지 불가능하다고 여겼던 상식이 적어도 조금씩은 당신의 내부에서 변화를 시작할 것이다. 나는 그 변화를 당신이 즐거운 마음으로 맞이하기를 바란다.

**:: 제1단계**

타깃 넘버를 결정한다

이데오그램

이데오그램 모션

이데오그램 필링

**:: 제2단계**

지각 데이터(색, 소재 질감, 냄새, 맛, 온도, 소리 등)

디멘션

AI – 여기서 일단 펜을 놓는다.

**:: 제3단계**

스케치

디멘션, 지각 데이터를 스케치한 종이 위에 옮겨 적는다.

* 도중에 확실한 이미지가 떠올랐을 때는 AOL— ××라고 적고,
이미지가 사라질 때까지 기다린다.

**:: 분석**

대상물을 묘사한다.

### :: 리모트 뷰잉의 실제

S1

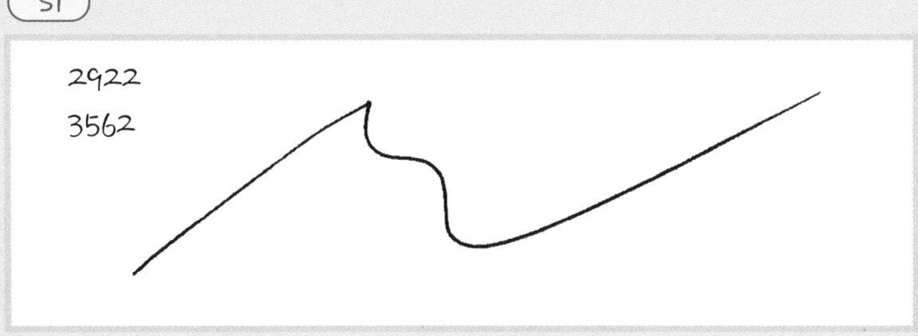


A. 비스듬히 올라간다 B. 딱딱하다

정상

커브를 그리며 내려간다

커브를 그리며 올라간다

비스듬히 올라간다

S2

색 : 하양
노랑
잿빛

온도 : 차갑다
실온

AI : 긴장하다

소재 질감 : 미끌미끌한
돌같은
딱딱하다

소리 : 조용한
목소리

냄새 : 곰팡이 냄새
흙 같은

디멘션 : 뾰족하다
장방형
원기둥
삼각형
두툼함
바깥

맛 : 담백하다

S3

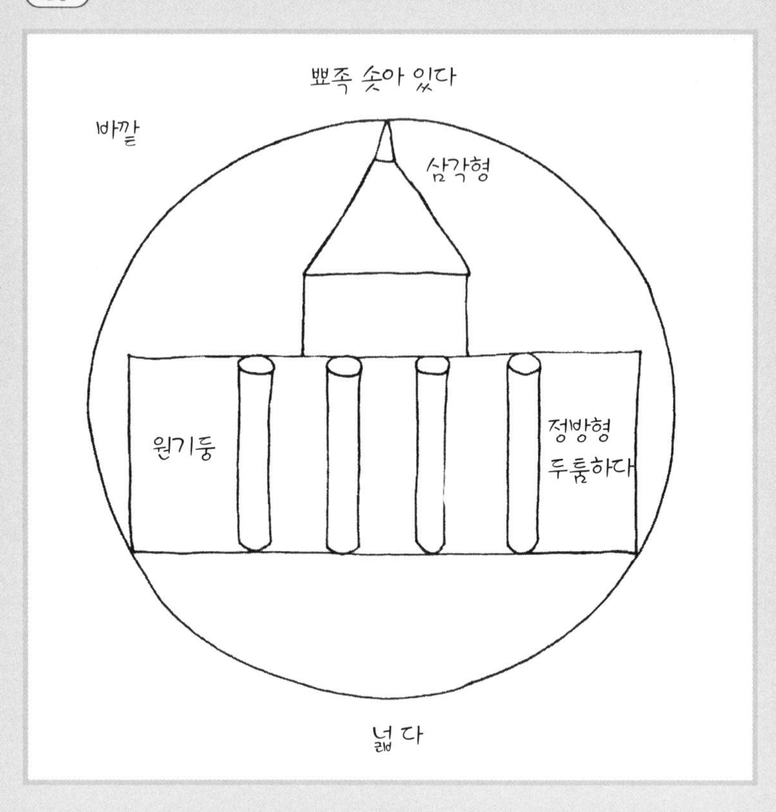


:: 분석

집 밖에 넓은 장소에 있다.

장방형, 삼각형 모양인 것

## ::대상물의 답

2922
3562

07

# 리모트 뷰잉에 대한 길잡이, 질문과 그 답변

Q 리모트 뷰잉이 대체 뭡니까?

A 직역하면, '원격투시' 라는 의미입니다. 지구 반대편에 있는 사물이나 봉투 안에 들어 있는 사진 등 일반적으로 눈으로 직접 볼 수 없는 정보를 훈련으로 획득하도록 해주는 정보 수집 방법입니다. 그렇다고 초능력은 아니며, 누구나 습득할 수 있는 기술입니다.

Q 리모트 뷰잉은 어떤 환경에서 해야 하나요?

A 실제 세션을 할 때는 가능한 한 조용하고 외부의 영향을 받지 않는 장소를 선택하는 것이 기본입니다. 미 육군에서는 단색으로 색깔을 통일시키고 소리의 영향이 적은 방에서 시행했습니다.

제가 훈련받은 방에는 책상과 의자, 화이트보드가 전부였습니다. 그리고 햇빛의 영향을 줄이기 위해서 블라인드가 쳐져 있었습니다.

집에서는 이런 환경을 갖추는 것이 어려울 테니, 되도록 마음이 산만해지지 않도록 물건을 최소화하는 것이 좋습니다. 텔레비전과 라디오가 켜져 있으면 주의가 산만해지므로 꺼야 합니다. 책상 위에 책이나 재떨이가 있으면 그것에 자꾸 눈길이 가게 되므로, 역시 세션에 영향을 미칠 수 있습니다. 책상 위에는 항상 필기구와 종이만을 놓아두십시오.

하지만 어떤 환경에서도 투시가 가능하게 하기 위해서 공항 대합실에서 훈련하는 사람도 있습니다. 일부러 사람들이 북적이는 장소에서 훈련을 하는 셈이지만, 저 같은 사람에게는 어림도 없는 이야기죠. 아름다운 여성이 눈앞을 지나가면 십중팔구 시선이 그녀 쪽으로 향할 게 뻔하니까요.

긴장을 풀고 '나는 이 방에 있는 물건으로부터 아무런 영향도 받지 않는다' 는 식으로 자신에게 이야기를 한 후에 세션을 시작하는 것도 하나의 방법입니다.

리모트 뷰잉에 익숙해질수록 외부 사물에게 받는 영향이 적어지는 것은 확실합니다.

Q 세션은 집중해서 시행하는 것이 좋나요? 너무 집중하면 자신의 작위적인 생각이 들어가버릴 것 같습니다. 가장 좋은 방법을 가르쳐주십시오.

A 긴장을 풀고 오직 한 가지만 의식하십시오. 그리고 집중하려고 하기보다는 '알고 싶다' 는 느낌을 갖는 것이 좋습니다.

Q 처음에는 자신도 놀랄 만큼 잘 맞추었는데, 최근에는 전혀 들어맞지 않습니다. 이대로 계속하다 보면 다시 맞출 수 있게 될까요?

A 일시적인 슬럼프는 누구에게나 있습니다. 그것을 극복해야 더 높은 단계로 도약할 수 있습니다. 뻔한 이야기라 하겠지만 사실입니다. 저도 그런 경험을 한 적이 있습니다. 또한 저를 가

르친 강사도 같은 경험이 있다는 것을 들었습니다.

"침체기가 올지도 모르지만 걱정하지 마세요. 그것을 뛰어넘으면 더욱 좋아집니다."

이런 강사의 말을 믿었기 때문인지 저는 맞추지 못했을 때도 그다지 불안하지는 않았습니다. 조금 더 계속하다 보면 좋아질 겁니다.

단, 꼭 맞추겠다는 마음가짐은 피해야 합니다. '알고 싶다' 는 기분으로 계속 훈련하십시오.

Q 리모트 뷰잉은 누구나 할 수 있는 겁니까?

A 전직 소령이었던 에드 데임즈는 평범한 사람이었습니다. 하지만 부대에서 리모트 뷰잉의 세션을 시행한 횟수는 이루 헤아릴 수가 없을 정도라고 합니다. 하루도 빠짐없이 아침부터 밤까지 계속 리모트 뷰잉을 연습했다고 하더군요. 그와 우리는 리모트 뷰잉을 훈련한 시간부터 큰 차이가 납니다. 그는 '훈련을 지속하면 누구라도 가능하다' 고 말합니다.

또한 "충분히 훈련한 열네 살 소녀가 자신보다 더 정확했다"고도 말했습니다. 누구라도 가능하지만, 아이들이 더 빨리 익숙해진다는 말입니다.

Q 정보를 제대로 적을 수가 없습니다. 무슨 좋은 방법이 없을까요?

A 일부러 대상물 사진을 보면서 3초 내에 사진의 색, 소재 질감, 냄새, 맛, 온도, 소리, 디멘션을 재빨리 기재하는 연습을 해보십시오. 계속 반복하다 보면 단어를 기재하는 감각을 파악할 수 있을 것입니다. 익숙해지면 실제로 리모트 뷰잉을 해보십시오.

Q 똑같은 단어만 계속 나옵니다. 그 문제를 개선하려면 어떻게 해야 할까요?

A 똑같은 단어가 나오는 이유는 기재할 수 있는 단어의 개수가 적기 때문입니다. 이끌어낼 수 있는 단어의 양을 가능한 한 늘려야 합니다.

우선 오감의 단어목록을 만들어 세션 중에 그 목록을 보면서 기재해 보십시오.

Q 두 사람이 투시할 때가 혼자 할 때보다 정확도가 높나요?

A 중요한 대상물을 투시할 때는 여러 사람의 직감을 사용해서 리모트 뷰잉을 하는 것이 기본입니다. 미 육군에서도 여러 사람이 투시할 때가 많았다고 합니다.

혼자서 하는 것보다는 동료와 함께 투시하는 편이 서로 격려도 되고 훈련 효과도 높으며 정확도도 향상됩니다.

앞으로 리모트 뷰잉을 배우는 사람이 많아지면 서로 협력해서 훈련을 하여 수준을 높일 수 있을 것입니다.

Q 세션은 하루에 몇 번 정도 하는 것이 좋나요?

A 세션을 너무 많이 시행하면 대체로 피곤을 느끼게 됩니다. 도중에 휴식을 취하십시오. 피곤을 푸는 데는 심호흡을 하거나 가벼운 스트레칭을 하거나 산책을 하는 것도 좋습니다. 기분 전환을 한 후 다시 세션을 진행하면 감각이 예리해질 겁니다.

Q 내일자 조간신문의 제1면 사진을 대상물로 연습하는데, 가끔 같은 신문의 다른 면 사진을 투시할 때가 있습니다. 우연의 일치일까요?

A 우연이 아닙니다. 신문에서 오린 대상물 사진이 한 장일 때는 그런 현상이 일어나지 않지만, 사진이 여러 장 게재됐을 때는 무의식적으로 정보를 얻기 쉬운 사진을 선택하는 현상이 일어날 수도 있습니다.

Q '색' 아이디어가 계속해서 나와 어느 것이 올바른 정보인지 알 수가 없습니다. 어떻게 해야 할까요?

A 색에 대한 정보는 다섯 개로 제한하는 것이 좋습니다. 또한 같은 색이 나오면 거기서 색에 대한 기재는 종료합니다.

Q '소재 질감' 이 잘 파악되지 않습니다.

A '소재 질감' 을 파악하려면 당신의 손으로 어떤 것을 접촉했을 때 어떤 느낌이 들까 하고 먼저 질문을 던져보십시오. 처음 배

우기 시작할 때 기재하는 단어는 한두 개 정도로도 충분합니다.

Q 기재하는 단어가 한 가지 패턴으로 고정됩니다.

A 패턴이 한 가지로 고정된다고 해서 신경 쓸 필요는 없습니다. 저의 경우, '색' 은 반드시 파랑, 초록이라고 기재하는데 그것은 기재할 때의 제 성향입니다.

굳이 말로 표현하자면 세션에 포함되는 리듬 같은 것입니다. 운동선수들이 운동시합에서 보이는 다양한 버릇과 비슷하죠. 대상물에 파랑, 초록이 있으면 그 다음 세션에서 파랑, 초록이 나올 것이며, 만약 대상물에 그 색깔이 없으면 나오지 않을 것입니다.

Q 색을 기재하는 방법에 대한 것입니다. 머릿속으로 읽어들일 때 '색 파랑, 빨강, 노랑, 초록' 식으로 하는 겁니까? 아니면 '색 파랑, 색 빨강, 색 노랑, 색 초록' 식으로 매번 붙여줘야 하는 겁니까? 두 가지 방법 모두 사용해 보았는데, 그다지 차이가 없었습니다.

A 저는 '색 파랑, 빨강, 초록' 하는 식으로 기재합니다. 하지만 모두 적중하는 것은 아닙니다. 사람은 제각기 뛰어난 부분과 그렇지 못한 부분이 있어서 '색' 에 민감한 사람이 있는가 하면, '소재 질감' 에 뛰어난 사람도 있습니다.

참고로 저는 '색' 에 대한 감각은 그다지 뛰어나지 않은 편입니다. 오감으로 얻은 각각의 데이터와 스케치를 종합해서 판단을 내리십시오. 70퍼센트 이상의 정확도라면 '문제없다' 고 판단해도 좋습니다.

Q 이데오그램을 그린 후에는 아무것도 안 해도 되나요?

A 세션을 시행하는 도중에 이데오그램에 접촉해서 새로운 정보를 얻을 수 있습니다.

예를 들어 '색' 을 기재하고 더는 머릿속에 떠오르는 것이 없을 때, 펜 끝을 이데오그램에 가져가보십시오. 그 순간 새로운 색이 머릿속에 떠오를 때가 있습니다.

머릿속에 떠오르는 것이 전혀 없을 때는 이데오그램에 접촉해보십시오.

Q 이데오그램을 분석하는 방법이 이해가 잘 안 갑니다.

A 이데오그램을 분석하는 요령은 충분히 숙련된 후에 시행하는 것이 좋습니다. 무리할 필요는 없습니다.

참고로 리모트 뷰잉 방법을 개발한 잉고 스완의 이데오그램은 언제나 대부분이 같은 형태의 패턴과 위로 향한 짧은 것들이었습니다. 그는 이데오그램의 모양을 통해서가 아니라 이데오그램에 접촉했을 때 많은 정보를 읽어들였습니다. 이처럼 개인차가 있습니다.

Q 기재하는 시간을 포함해서 3초인가요. 머릿속에서 떠오른 것만 3초인가요?

A '쓴다—3초—쓴다—3초—쓴다—3초—쓴다' 의 패턴입니다. 쓰지 않는 시간이 3초까지라는 말입니다. 단어를 서너 개 쓴다면 그 항목에서 12초, 16초가 될 수도 있겠지요.

Q 오감 정보의 각 항목에서 단어가 떠오르지 않으면 거기서 멈춘 후 떠오를 때까지 기다려야 하나요?

A 하나밖에 떠오르지 않았다면 곧 다음 항목으로 넘어가자.

Q 오감 데이터, 예를 들어 '색' 이 세 개 떠오르면 모두 기재해야 하나요?

A 넣고 다음으로 진행하면 됩니다.

Q 소재 질감이나 색, 냄새, 디멘션 등은 몇 초 안에는 좀처럼 떠오르지 않습니다. 뭔가 좋은 비결은 없나요?

A 소리를 내보십시오. 입을 열고 무엇인가 소리를 내보는 겁니다. 억지로라도 해보십시오. 단, 생각해서는 안 됩니다.

자신에게 다음과 같이 질문해 보십시오.

'색은?'

그 질문에 대해서 곧바로 소리 내어 대답을 하는 겁니다. '빨리 대답하기 게임' 을 하는 것처럼 재빨리 대답하십시오. 곧바로 대답하지 못하면 게임에서 지는 것처럼 말이죠. 머리에 떠오를 때까지 기다리면 안 됩니다.

입밖으로 튀어나온 단어(정보)를 기재하십시오. 당신이 직접 테스트해 보십시오.

단어목록을 만들어서 그것을 쭉 한 번 본 후 마음에 끌리는 단어를 기재해 보는 방법도 있습니다.

Q 실제로 세션을 시행할 때 3초 내에는 생각이 떠오르지 않습니다. 그래서 초조한 마음에 안절부절못하게 되어 다음으로 진행할 수 없습니다.

A '이번 세션은 실패하지 않을 테다' 혹은 '꼭 맞추고 말 테다' 하는 식으로 기합을 넣은 후 세션을 시행해서는 안 됩니다. '알고 싶다' 정도로 가벼운 마음으로 해야 합니다.

마음을 편하게 가져보십시오. 초조함은 불안으로 바뀌고, 나아가 리모트 뷰잉 자체에 대한 부정적인 생각으로 바뀔 수 있다는 것을 유념하십시오.

Q 이매지네이션이 자주 머릿속에 떠오릅니다. 어떻게 해야 할까요?

A 처음에 떠오른 이매지네이션은 'AOL-××' 라고 기재함으로써 머릿속에서 추방할 수 있습니다. 그래도 여전히 이매지네이션이 머릿속에 남아서 영향을 미친다면 새 종이를 꺼내 'AOL' 이라고 적고 머릿속에 있는 이미지를 스케치하십시오. 그 이미지를 그림으로 그리면 이미지로부터 영향을 받지 않게

될 것입니다.

Q AOL은 구체적으로 언제 하는 것입니까?

A AOL은 이매지네이션이 머릿속에 떠올랐을 때 시행합니다. 이매지네이션은 언제 떠오를지 알 수 없습니다. 물론 떠오르지 않으면 할 필요가 없습니다.

Q AOL-××라고 쓸 때가 많습니다. 1단계, 2단계에서 정보를 감지할 때 마음을 비워야 하나요? 아니면 알고 싶은 것을 어느 정도 의식해야 할까요?

A 시작한 지 얼마 되지 않았을 때는 꽤 신경이 쓰여서 흔히 AOL이 많이 나옵니다. 마음을 비우려 해도 쉽지 않을 것입니다.

3초로 자신의 리듬을 파악하면 쓱쓱 기재할 수 있습니다.

머릿속에서 어떤 단어(정보)를 끄집어내려 하지 말고 조용히 3초를 기다린다는 마음가짐으로 가만히 있어보십시오.

'이것이다!' 라는 느낌으로 떠오르는 것이 아니라 '휙' 하고 무엇인가가 머릿속을 스치듯이 정보가 떠오를 겁니다.

Q 훈련을 하다 보면 머릿속에 강한 이미지가 떠오릅니다. AOL로 그것을 삭제해야 했는데 왠지 마음에 걸려서 그냥 그대로 훈련을 진행한 후 마지막에 대상물 사진을 보면 그 이미지와 동일한 것이 나타나 있습니다. 우연일까요? 아니면 직감일까요?

A 막 배우기 시작했을 때, 세션 중 떠오르는 이매지네이션은 대체로 두뇌가 만들어낸 것이기 때문에 AOL로 제거해 버리는 것이 좋습니다. 그렇게 하는 것이 안전합니다. 하지만 계속 훈련하다 보면 가끔 강렬한 이미지로 무엇인가가 떠오를 때가 있습니다.

이매지네이션이 대상물을 맞추었을 때는 AOL로 제거해도 나중에 비슷한 이미지가 떠오를 때가 많게 되어 있습니다. 그렇기 때문에 이매지네이션이 떠오를 때는 우선 AOL로 제거하십시오. 대상물이었다면 다시 자신에게 되돌아올 것입니다.

훈련을 오래 하다 보면 AOL로 제거하지 않아도 이매지네이션이 대상물의 일부분을 표현한다고 느끼게 됩니다.

Q 스케치가 끝난 후에 덧붙여 기재하고 싶은 사항이 있을 때 기재해도 되나요? 그렇게 하면 자신의 생각이 들어가버리는데, 그래도 괜찮을까요?

A 자신의 생각을 포함시키지 않도록 해야 합니다. '무엇인가 기재할 것은 없는가?' 하고 자문해 보고 순간적으로 떠오르는 것이 있을 때는 적어 넣어도 됩니다.

만약 없을 때는 다음 단계로 진행합니다. 인간의 두뇌는 3, 4초 정도 경과하면 무엇인가를 생각하게 됩니다. 그렇기 때문에 그 이전에 떠오른 것을 기재해야 합니다. 없으면 다음으로 넘어갑니다.

Q 처음에 시행한 세션이 거의 들어맞지 않습니다. 이럴 때 그냥 그대로 진행해도 되나요?

A 맞지 않았을 때도 신경 쓸 필요는 없습니다. 계속하다 보면 직감은 예리해집니다. 투시도 가능해집니다. 따라서 맞지 않았다고 해서 의기소침해할 필요는 없습니다.
처음에는 흔히 벌어지는 일입니다. 우선 실제로 해보는 것이 중요합니다. 의도적으로 맞추려고 애쓰기보다 '알고 싶다' 정도의 기분으로 하면 더 좋은 결과를 얻을 수 있을 겁니다.

Q 훈련할 때 제재를 찾는 일이 너무 어렵습니다. 알기 쉽고 사용하기 좋은 것이 없을까요?

A ×월 ×일의 ××신문 / 제1면의 사진
다음 주 주간지 ×× / 표지 사진

이와 같은 방법이라면 제재를 따로 찾을 필요가 없습니다. 또한 이 방법은 미래를 예측하는 훈련 방법이기도 합니다.

Q 세션이 끝나고 대상물을 보면 항상 잘 되는 것과 잘 되지 않는 것으로 나누어집니다. 구체적으로 말하면 색에 대해서는 상당히 잘 들어맞는데, 소재 질감은 전혀 들어맞지 않는다든가 하는 식입니다. 왜 그럴까요?

A 잘 되는 것과 안 되는 것은 분명히 있습니다. 게다가 사람에

따라서 각기 성향이 다릅니다. 개인의 취향이기 때문에 그것은 어쩔 수 없습니다.
예를 들어 미국에서는 경찰의 의뢰를 받아 흉기로 사용된 총의 형태를 알고 싶을 때 리모트 뷰어 중에서 형태(치수, 디멘션)가 특기인 사람을 선택한다고 합니다.
마찬가지로 범죄에 사용된 차의 색깔을 알고 싶을 때는 색을 잘 알아맞히는 사람을 고릅니다. 만능 리모트 뷰어가 아니어도 상관없습니다. 당신이 잘 할 수 있는 부분을 발전시켜 보십시오.

Q 휴대할 수 있는 노트나 수첩으로 리모트 뷰잉을 해도 상관없나요?

A A4 용지가 가장 좋지만 어느 정도 사이즈가 달라도 상관없습니다. 다만 노트나 수첩처럼 철한 것은 모든 것을 눈앞에 펼쳐 놓고 분석할 수 없기 때문에 적합하지 않습니다.

Q 세션을 시작하기 전에 주의할 점은 무엇입니까?

A 시작하기 전에는 머릿속에 어떤 이미지도 없는 상태에서 시행하는 것이 좋습니다.
천천히 심호흡을 해서 긴장을 푸십시오. 여러 번 반복하십시오. 어느 정도 시간이 흘러 머릿속에 아무런 이미지도 없다고 느껴질 때 세션을 시작하십시오.

Q 대상이 인공물이나 자연 풍경이면 비교적 키워드가 일치합니다. 하지만 대상이 사람이나 동물이면 전혀 키워드와 일치하지 않습니다. 분석할 때 주의해야 할 점은 무엇입니까?

A 사람마다 성향이 다르기 때문에 한마디로 '이거다' 라고 말할 수는 없습니다. 단, 저의 경우에 '짜다' 라는 말이 나오면 사람일 때가 많습니다. 대상물 사진과 데이터를 여러 번 비교하다 보면 자신의 성향을 파악할 수 있을 겁니다.

Q 기재한 키워드가 대상과 비교적 일치했을 때도 분석한 결과와 크게 다를 때가 많습니다. 분석할 때의 요령 같은 것이 있나요?

A 분석은 가장 어려운 부분입니다. 미 육군에서는 리모트 뷰잉을 할 때 반드시 리모트 뷰어와 분석관 두 사람이 짝을 이뤄서 시행했다고 합니다. 그 정도로 분석은 중요합니다. 대상물을 특별히 지정하지 말고, 정보(단어)로 대상물의 상황만을 묘사하십시오.

Q 실생활에 어떤 식으로 접목시키면 좋을까요?

A 숙달되지 않은 단계에서는 문제 해결에 간접적으로 투시하는데 어려움이 많습니다. 실생활의 문제를 해결하기 위해서는 양자택일의 방법을 사용하는 것이 무난합니다.

하지만 단순한 것이라면 직접 투시하는 방법을 사용해도 좋습니다. 예를 들어, 잃어버린 물건을 찾을 때는 '××에 있는 물건' 식으로 세션에서 얻은 데이터를 바탕으로 스스로 장소를 판단하는 겁니다.

Q 어느 정도의 페이스로 훈련하는 것이 좋을까요?

A 이상적인 훈련은 사람마다 다릅니다.

저의 경우를 말씀드리면, 처음 2개월 동안은 일주일에 여섯 개의 페이스로 실행했습니다. 하루 평균 한 개꼴이지만, 시간 여유가 있는 날에는 최대 세 개까지 했기 때문에 실질적으로는 일주일에 2, 3일 정도가 되는 셈이죠. 그 후에는 일주일에 세 개, 하루에 한 개씩으로 일주일에 3일의 페이스로 훈련했습니다.

지금은 생활에 쫓겨서 일주일에 한 개 정도의 페이스로 연습합니다. 사실 일주일에 세 개 정도는 해야 하는데 타고난 게으름 탓으로…….

자신이 충분히 소화할 수 있을 정도의 페이스로 계속 훈련하십시오. 결코 부담이 갈 정도로 해서는 안 됩니다. 그래야만 오랫동안 지속할 수 있습니다. 지속하기만 하면 누구나 실력이 향상됩니다.

# 리모트 뷰잉은 하나의 '기술'이다

미국의 프린스턴 대학은 '리모트 뷰잉은 가능하다'는 연구 결과를 내놓았습니다. 리모트 뷰잉은 수련할 수 있는 기술입니다. 자신감을 가지고 임하길 바랍니다. 힘겨운 수행 과정을 거치는 것도 아니고, 노력 여하에 따라 반드시 보답이 뒤따르는 기술입니다. 처음 시작할 때는 약간 어려운 것처럼 보이지만 그 열매는 더없이 달콤하다는 사실을 기억하십시오.

리모트 뷰잉은 기술이라는 사실을 명심하십시오. 선천적인 능력이 아닙니다. 기술을 습득하려면 연습을 해야 합니다. 계속 연습하다 보면 기술이 향상되고, 직감도 예리해집니다.

세미나의 상세한 자료를 희망하시는 분은 이름, 주소, 전화번호 등을 기재하여 아래의 주소로 메일을 보내주시기 바랍니다. 미력하나마 도움을 드릴 수 있을 것입니다.

홈페이지 http://www.1rvj.com
이메일 sagawa@1rvj.com

3일째 망설이는 사람
3초에 결정하는 사람

초판 1쇄 인쇄일 | 2004년 3월 22일
초판 1쇄 발행일 | 2004년 3월 27일

지은이 | 사가와 아쓰시さがわ あつし
옮긴이 | 신윤록
펴낸이 | 이숙경

펴낸곳 이가서
주 소 서울시 마포구 서교동 330-1 2F
전화·팩스 02-336-3503 ·02-336-3009
이메일 leegaseo@naver.com
등록번호 제10-2539호

ISBN 89-90365-64-3 03830

가격은 뒤표지에 있습니다.